講談社文庫

バスカビル家の犬

大沢在昌
C・ドイル 原作

講談社

バスカビル家の犬　目次

バスカビル家の犬

1　シャーロック・ホームズ

シャーロック・ホームズはたいてい朝寝坊である。なのにその朝にかぎっては、ぼくより早く、朝食のテーブルについていた。ぼくは暖炉の前に立ち、ゆうべの客がわすれていったというステッキを手にとった。

それはペナンローヤーという、かたいやしの一種の幹で作られた、太いりっぱなステッキだった。握りの部分が丸くなっていて、そのすぐ下に一インチほどの幅の銀の帯が巻いてある。

その帯には、

「王立外科医学会会員ジェームズ・モーティマー氏へ、
C・C・Hの友人たちより　一八八四年」

と彫られていた。

「どうだい、ワトスン、それをどう思う？」

背中をむけたままホームズがたずねた。

「ぼくがしていることがどうしてわかった？　背中に目がはえてきたのかい」

「どうってことはない。ぼくの前によくみがいた銀のコーヒーポットがあるだけさ。そんなことより、そのステッキ、どう思う？　きのうの晩はあいにくふたりとも出かけていたから、そのステッキをわすれていった人物とは会えなかったろう」

「そうだな」

ぼくはホームズのいつものやりかたを思いだしながらいった。

「モーティマー博士は、お年寄りで評判のいいお医者さんだろう。なぜなら、友人からこんなプレゼントをもらうくらいだからな」

「なるほど」

「それからいなかで開業していて、往診のために毎日てくてく歩いている」

「それはまた、なぜ？」

「このステッキさ。もとはりっぱだったろうが、いまはいたんでる。街中を歩くだけじゃ、こうはならない。よほど歩いた証拠さ」

「ふむふむ」

「つぎに『C・C・Hの友人たちより』だけど、これは狩猟クラブの頭文字じゃないかな。

いなかの狩猟クラブのメンバーが、日ごろのおせわのお礼に贈った記念品だと思うね」

「おみごと！」

食事の終わったホームズはいすをうしろにずらして、たばこをくわえた。

「きみのおかげで、ぼくの仕事はひとから評価されてきたのだけれど、きみは自分に対しても、もっと自信をもつべきだな。きみ自身は光を放たないにしても、きみのそばにいることでかがやきを放つ人間がいる。たとえばぼくがそうだ。感謝しているよ」

ホームズがほめることはめったにないので、このことばはうれしかった。いままでぼくがどれほど彼の探偵としての業績を本にしてきても、知らぬ顔だったからだ。そのうえ、彼のやりかたをうまくまねられたというのも誇らしかった。

彼はぼくの手からステッキをとって、じっと見つめた。それからたばこを置き、窓ぎわに持っていくと大きな虫めがねでのぞきこんだ。

「なかなかおもしろい。初歩的だけどね」

「なにか見落としたかな。ほかにわかることもなさそうだけど」

「気の毒だけど――」

ホームズはため息をつき、首をふった。

「きみの推理はあらかたまちがっている。さっき、ぼくはきみのおかげでかがやけるといったが、ほんとうのことをいうと、きみのまちがいを正していけば、正解にたどりつく、という意味なんだ。この場合、きみの推理のすべてがまちがっているわけじゃないが、当たっているのは、持ち主がいなかの開業医でよく歩きまわっている、ということくらいかな」

ぼくはがっくりしたものの、いった。

「じゃ、当たっているじゃないか」

「そこまではね」

「それ以上なにがある？」

「あるとも。たとえばだよ、医者へのプレゼントというなら、狩猟クラブより、病院から、と考えるほうがしぜんだ。だから『C・C・H』の『C・C』は、チャリング・クロスの頭文字じゃないかとすぐ思いつく」

「そりゃそうかもしれないけど――」

「確率的にはそのほうが高い。そうすると、ステッキの持ち主についてさらなる推理が可能になる」

「さらなる推理？　いったいなんだい」

「わからないかな。ほら、ぼくのやりかたは知ってるだろう。それでやってみたまえ」

「だから、いなかで開業するまえはロンドンにいた」

「もう一歩進めてみよう。こういうプレゼントはどんな場合におこなわれる？　おそらく、モーティマー博士がいままで勤めていた病院をやめて独立するときだ」

「そうだね」

「つまりモーティマー博士は、病院でそれほど出世していたわけではない。出世していたなら、やめて独立する必要もない。まして、いなかで。すると病院における彼の地位はどのあたりだったか。

幹部ではない。住みこみの医者か、研修医に毛がはえたていどだろう。病院をやめたのは、このステッキの年号からすると五年まえだ。

さてそうなると最初にきみがいった『お年寄りで評判のいいお医者』という線はうすくなってくる。むしろ思いうかぶのは、まだ三十にもならない若さの、お人よしでややおっちょこちょいの青年ドクターだ。犬を一匹飼っていて、テリアよりは大きく、マスティフよりは小さい」

長いすに寄りかかったホームズは、天井にむけ、煙の輪をはいた。あきれたぼくは苦笑いをした。

「犬のことはしらべようがないけど、モーティマー氏の年齢や経歴は、じつはかんたんにしらべられるぜ」

医学書をならべた本棚から、ぼくは医師名簿をとりだした。モーティマーという姓の医師は何人かいたが、該当しそうなのはひとりしかいなかった。

ジェームズ・モーティマー。一八八二年、王立外科医学会会員。デボン州ダートムーア地方グリンペン在住。一八八二〜一八八四年チャリング・クロス病院勤務。論文『疾病は隔世遺伝するか』で比較病理学ジャクソン賞受賞。スウェーデン病理学会通信会員。ほかに『人類は進化するか』（心理学会誌、一八八三年三月号）などの論文あり。グリンペン、ソーズリー、ハイバーローの三地区の検死医。


「狩猟クラブのことは出てないな」

ホームズはいたずらっぽく笑った。

「だが、きみの推理どおり、いなかの医者ではあった。で、ぼくの推理だが、お人よしでおっちょこちょいだというのは、勤務先から記念品をプレゼントされるくらいだからひとから好かれている、という点、それに他人の家で一時間も待ったあげく、名刺も置かず、かわりにステッキをわすれていく、という行動からきている」

「犬のことは？」

ホームズは立ちあがり、部屋の中を歩きまわりはじめた。

「このステッキをくわえてご主人のお供をしている。重いステッキだから真ん中をしっかりくわえていて、歯形がはっきりついている。歯形の間隔をしらべると、この犬のあごは、テリアにしては大きいし、マスティフにしては小さい。そうだ、巻き毛のスパニエルあたりだな」

　窓のところで立ち止まったホームズはいった。

「やけに自信たっぷりじゃないか」

「かんたんだ。玄関の石段のところにその犬がいるのさ。ほら、主人がベルを鳴らしている。ワトスン、いてくれよ。客はきみと同じ医者だ。きみの助言が必要になるかもしれない。さて、運命の瞬間だ！　階段を上がる足音がきみの人生を大きく左右するかもしれない。医学者ジェームズ・モーティマー博士は、犯罪学者シャーロック・ホームズになにをもとめているのだ。さあ！」

　典型的ないなかのドクターを想像していたぼくは、入ってきた客の姿を見てびっくりした。ひじょうに背が高くて、やせている。金縁のめがねをかけ、するどい灰色の目はくちばしのようにとがった鼻をはさんで寄っていた。

　服装こそ医者らしかったが、雰囲気はいまひとつぱっとしなかった。若いのに猫背気味で洋服も全体によごれている。部屋に入るなり、ステッキを見つけるとうれしそうな声をたてて走りよった。

「よかった！　わすれたのは、ここだったか船会社だったか、どっちだろうと思っていたんです。ぜったいになくしたくないものだったので」

「プレゼントですか」

ホームズがたずねた。

「ええ、そうなんです」

「チャリング・クロス病院から？」

「はい。結婚するとき、あそこの友人たち二、三人から贈られて」

「おっと。こいつはまずい」

ホームズは首をふった。

「え？　なにかいけなかったですか」

モーティマーは驚いたように、目をぱちくりさせた。

「いいえ。あなたのお話で、ぼくらの推理がくずれただけです。ご結婚のお祝いだったのですね」

「ええ、結婚を機会に病院をやめたんです。開業をすることにして」

「まあ、それほどはずれたわけじゃなかったかな……」

ホームズはせきばらいをしていった。

「ところで、モーティマー博士――」

「モーティマーでけっこうです。博士号は持っていませんから」

「厳密な考えかたをされますな」

「科学をすこしだけ学んだにすぎません。未知の大海原を前に、貝がらを二つ、三つ、ひろいあげたくらいのものです。ところで、あなたがシャーロック・ホームズさんですよね」

「そのとおり」

「では、こちらが……」

「友人のワトスン博士です」

「はじめまして。お名まえはホームズさん同様、うかがっております。ところでホームズさん、あなたはりっぱな頭蓋骨《ずがいこつ》をお持ちだ！　眼窩《がんか》上部が発達していますね！　失礼ですけどちょっとさわらせてください。頭頂の縫合部のあたりを。……いや、あなたほどの頭蓋骨なら、たとえ模型でも人類学博物館で展示されるでしょう。ほんものなら、なおいい！　いえ、おせじじゃありません。ほしいなあ、あなたの頭蓋骨！」

「それはかんべんしてください」

さすがのホームズも手をふった。

「どうぞすわってください。ぼくもそうですが、あなたも専門分野に関しては夢中になられるタイプのようだ。人さし指を拝見するところ、たばこを吸われるようですね。どうぞ遠慮なく吸ってください」

モーティマーは紙とたばこをとりだすと、長い指を昆虫の触角のようにふるわせながら一本巻きあげた。あざやかな手つきだった。ホームズは無言でそのようすを見まもった。そのするどい視線から、彼に強く興味をひかれていることがつたわってきた。

「ところで昨夜も今朝もこうしておみえになったのは、ぼくの頭蓋骨をしらべるのが目的ではないのでしょう」

「いえいえ！　それもやらせていただけるならこんなにうれしいことはないのですが、おたずねした理由はべつにあります。わたしはどちらかというと現実的な問題は苦手としているタイプなのですが、そのわたしの人生にひどく現実的で重大な問題がふりかかってきまして。そこであなたを、そうした問題についてはヨーロッパで二番めの専門家と信じて——」

「二番め！」

ホームズはむっとしたようにいった。

「一番はだれですか」

「厳密な科学的批評眼に関してなら、フランスの人類学者ベルティヨン氏を評価せざるをえません」

ぼくは笑いをこらえるのに苦労した。

「だったらベルティヨン氏にご相談されてはいかがです？」

「いや、その……。現実的な問題となりますと……、やはりホームズさんが一番ではないかと……。すみません！　口べたなので、つい……。お気を悪くされました？」

モーティマーの声はだんだん小さくなった。

「すこしはね。ま、いいでしょう。問題について話してください」

2　バスカビル家の呪い

「ポケットの中に書類があります」

モーティマーはいった。ホームズはうなずいた。

「入っていらしたときに気がつきました」

「古いものです」

「十八世紀初め。にせものでなければ」

「どうしておわかりです？」

「ポケットからすこしはみだしていたのです。書類の作られた年代の鑑定が、十年前後の誤差で判定できなければ、専門家とはいえません。ぼくはこのテーマについては論文を発表したこともあります。ずばり一七三〇年代と見ますが――？」

「正確には一七四二年です」

モーティマーは胸ポケットから書類をとりだした。

「この古文書はデボン州のバスカビル家につたわるものです。わたしは三ヵ月まえにとつぜん非業の死をとげられたチャールズ・バスカビル卿からおあずかりしていました。わたしはバスカビル卿の主治医だったのですが、親しい友人でもありました。バスカビル卿は意志が強く、かしこくて、わたしと同じく迷信などにはまどわされない方でした。それでもこの古文書だけはべつで、妙に気にしておいででした。もしかすると、あのような最期をとげられるのを予感していたのかもしれません」

ホームズは受けとった古文書をひろげた。

「ほら、ワトスン。Sの字を交互に長くのばしたり、ちぢめたりしている。こういうのが年代の判定に役だつのさ」

ぼくはホームズのうしろから黄ばんだ古文書をのぞきこんだ。上に「バスカビル館」と書かれていて、その下に大きな字で「一七四二年」と走り書きしてある。

「秘伝書のようだな」

「そうです。これはバスカビル家に古くからつたわる、ある伝説を書きおこしたものです」

「でもご相談になりたいのは、もっと最近の問題なのでしょう?」

「もちろんです。ひじょうにせっぱつまっていて、二十四時間以内に答えを出さなければならない問題です。ですが、この文書は短いものですし、問題の事件とはつながりがあるので、よろしければここで読みあげてみたいのですが……」

ホームズはため息をつき、いすにもたれかかると目を閉じた。いつものくせで、両手の指先と指先を胸の前で突き合わせている。

モーティマーは古文書を窓べにむけ、よく通る声で読みあげはじめた。

「バスカビル家の犬」にまつわる物語の由来には多くの説がある。ヒューゴー・バスカビル直系の子孫である私は、祖父より父に語り継がれた物語を聞き継いだ者として、ここに書きとめておく。神は罪を罰することもあらば、その罪を許すこともあり。子孫よ、いかにおそろしき呪いとて、祈り、悔い改めれば許される日もこよう。ならば、私がいまここに語ろうとする物語も、いたずらにおそれるには足らない。

さて大反乱時代（この間の史実について知りたくばクラレンドン卿の『大反乱史』をひもとくべし）、このバスカビル荘園は、ヒューゴー・バスカビルの領有地であった。ヒューゴーは神を畏《おそ》れず野蛮な人柄で、聖者もこの地を避けるほどといわれた。

このヒューゴーが、あるときバスカビル領に近い小地主の娘を見そめた。だが、ヒューゴーの悪名を聞き知る娘は、これをおそれ、常に避けとおしたという。

するとついに、九月のミカエル祭の日、ヒューゴーは家人の不在をねらって、配下の者をつれ、娘の屋敷に忍び入ると、これを拉致《らち》した。娘はヒューゴーの館に運びこまれ、階上の一室に閉じこめられた。ヒューゴーは仲間の者らと酒盛りをはじめる。あわれにも娘は、階下の広間からとどろく、歌、わめき、ののしり声に生きた心地もしなかった。酔ったヒューゴー・バスカビルのさけぶ声はひときわ高く、またそのことばをまねて口にするだけで地獄に堕ちるといわれるほど、神をも畏れぬ内容であった。

ついにおそろしさに耐えかねた娘は、屈強な男でもためらう脱出をはかった。その脱出とは、館の南側の壁に生いしげった蔦《つた》をつたい、地面へと下りゆくものだった。

かろうじて館をのがれた娘は、家族のもとへと、九マイルの荒れ地をかよわき足で走りだした。

ほどなくしてヒューゴーは、仲間をのこし、娘にあてがう食物とけがらわしい望みを抱いて、階上へと上った。

もぬけのからとなった部屋に気づき、ヒューゴーは階段を駆けおりた。怒り狂ってテーブルにとびあがり、酒瓶、皿を蹴散らす。そして大声でさけんだ。

「あの娘を今夜のうちにとりもどすことさえできれば、この身と心を悪魔にでもくれてやる！」

酒盛りに集まっていた者どもは、しばし呆然としていたが、なかのひとりがいった。

「猟犬を放て」

それを聞いたヒューゴーは、

「馬に鞍を置け、犬どもを放て」

とさけび、館から走りでた。放たれた猟犬は、娘の落としたハンカチをかがされ、いっせいに吠え声をあげながら荒れ地へと走りだした。さらにヒューゴーはそれを追い、馬にまたがるとむちをくわえた。

さて、のこされた酔客はやがて我にかえり、騒然とした。ある者は銃を、ある者は馬を、ある者は酒をもとめ、さけんだ。やがて総勢十三名、馬の用意がととのい、荒れ地へとくりだした。

月がこうこうとさえた晩で、家路をたどってのがれゆく娘の道すじはあきらかだった。遅れてはならぬと馬をいそがせる彼らは、二マイルほどいくうちに、荒れ地で夜を明かすひつじ飼いと出会った。

口々に、

「娘は？」

「ヒューゴー・バスカビルは？」

と、荒くれ男どもに問われ、おびえてすぐには口をきけなかったひつじ飼いではあったが、やがてようように答えた。猛犬の群れに追われるあわれな娘の姿を見たと。しかし、その者が見たのは、それだけではなかった。

「黒馬を駆るヒューゴーさまのあとから、思いだすだにおそろしい地獄の犬が、声もなく追っていきました」

「臆病者が！」

「うつけ者」

追っ手たちはひつじ飼いをののしり、さらに馬をとばした。

やがて荒れ地にひづめの音がひびいたと思うや、主をうしなった黒馬が、口から白い泡を吹き、無人の鞍を背負って走ってきた。

酔いどれの一団もさすがに冷水を浴びたように酔いがさめた。逃げ帰りたい気持ちを、衆をたのんでこらえ、なおも馬を進めた。おそるおそる進むうちに、ついに猟犬の群れを発見した。だが犬どもは、日ごろの猛々《たけだけ》しさもうしない、尾を巻き、頭をたれ、おびえたように毛を逆立てて、眼下の深い窪地を遠巻きにするのみだった。

追っ手どももさすがに先へいく気力をうしない、馬を止めた。そのなかの三人、勇気があるか、まだ酔いののこるおろか者かが、窪地にむけ、馬を進めいった。

窪地の底は広く、中に巨大な二つの岩が、古代何者かによって運びこまれたという伝説とともにあった。雲ひとつない夜空の、かがやく月の光に照らしだされ、その巨大な岩のすきまに、恐怖と疲れのためにか、あわれにも息絶えた娘が横たわっている。

だが、進みいった三人が髪を逆立てて恐怖したのは、その娘の死体にではなかった。また娘のかたわらに倒れているヒューゴー・バスカビルの死体にでもなかった。その死体ののどに牙を立てる、犬の形はしているが、いかなる犬よりも巨大で獰猛《どうもう》な黒い獣の姿にだった。

獣は、ヒューゴー・バスカビルののどを食いちぎると、黒いあごに血をしたたらせつつ、らんらんとかがやくおそろしい目を三人にむけた。さすがに三人の荒くれ男も悲鳴をあげ、馬にむちを打って逃げだした。だが、ひとりは夜明けまえに息をひきとり、のこるふたりもその夜をさかいに魂が抜けたような廃人となった。

子孫よ、これがわがバスカビル家代々を呪う犬の物語である。私がここに書きとめおくのは、呪いの由来をつまびらかにすることで、これを知らずに悩むよりはおそれもすこしはやわらぐと信ずるゆえなり。わが家系には、謎の死をとげる者が少なくない。だが罪なき者への罰は、三代、四代にわたらずと聖書にもある。

神を畏れ、敬え。わが子らよ、神の慈悲にすがって生きのびるのだ。そして悪霊のはばたく暗き夜には、けっして荒れ地におもむくな。

(襲名せしヒューゴー・バスカビルより、その子、ロジャー、ジョンに。妹、エリザベスには語ることなかれ。)

モーティマーはこの奇怪な物語を読み終えると、めがねをひたいに押しあげ、ホームズの顔を見やった。ホームズはあくびをして、たばこの吸いさしを暖炉の中へ投げこんだ。

「それで?」

「興味深いとは思いませんか」

「おとぎ話の研究家にとってはね」

モーティマーはこんどは新聞をとりだした。

「それじゃあホームズさん、新しいニュースを。これは先日、六月十四日付のデボン新聞です。その数日まえに起こった、チャールズ・バスカビル卿の死に関する記事です」

ホームズは身をのりだした。退屈そうな表情が消えていた。モーティマーはめがねをかけなおし、読みはじめた。

次の選挙には自由党候補として中部デボン地区から立候補すると見られていたチャールズ・バスカビル卿の急死は、同地区に暗い影を投げかけている。チャールズ卿のバスカビル館における生活は短くはあったが、その温厚で寛大な人柄は、卿を知る人々の尊敬と友情を集めていた。世は成金が幅をきかせる時代だが、こうしたデボン州きっての名家の子孫が独力で財をなし、家運をふたたび守りたてたことは、われわれのよろこびとするところであった。知られているように、卿は南アフリカにおける投資で成功し、巨万の富を得た。賢明にも、運に見はなされるまで投資に深入りすることなく、潮時をみて富を英国に持ち帰った。

バスカビル館にはわずか二年しか住まなかったが、その死によって暗礁にのりあげた再建と復興の計画は大きなものだった。子どもがいないため、卿は存命中、その財産を地方のために役だてたいと公言していた。それゆえに突然の死を惜しむ声は多い。これまでに卿が地方公共慈善事業につくしてこられたことは、しばしば本紙でも報道してきた。

チャールズ卿の死に関しては、検死によってじゅうぶんあきらかになったとはいえないが、少なくともこの地の迷信から流布された風評とは無関係である。他殺であると考えるべき理由はなく、自然死としか考えられない。

チャールズ卿は夫人に先立たれていて、やや風変わりな点もあったといわれているが、その生活ぶりは質素で、使用人もバリモア夫妻だけだった。夫は執事をつとめ、妻は家政婦として働いていた。このバリモア夫妻や友人の証言によれば、卿の健康はこのところすぐれず、ことに心臓疾患のため、顔色が悪く、息切れしやすいうえに神経衰弱の発作におそわれることもあったという。これについては卿の友人であり主治医のジェームズ・モーティマー医師も同じ証言をしている。

卿の急死の状況はあきらかになっている。チャールズ・バスカビル卿は、毎晩就寝まえに、有名なバスカビル館のいちい並木を散歩する習慣があった。六月四日、チャールズ卿は、翌日はロンドンにむかうのでしたくをするようにと、バリモア執事に申しつけている。そしてその晩もいつもどおり、葉巻を手に散歩に出かけ、帰らなかったのだ。バリモア執事は深夜十二時になってもドアが開けはなされているのに驚き、ランタンに火をともして主人をさがしに出かけた。その日はわずかに雨が降ったので、並木道にのこされたチャールズ卿の足あとを追うのはかんたんだった。並木道のなかほどには荒野のほうへと出られる門があるが、そのあたりにしばらく卿が立ち止まった形跡があった。それから足あとはすこし先に進み、並木道の途中で卿は死体となって発見された。

一点だけ不可解なことがあり、バリモア執事の証言によれば、荒れ地への門のあたりから卿の足どりが変わって、つまさきで歩いていたかのようだったという。当日の夜、マーフィというジプシーの馬商人が荒れ地におり、悲鳴を聞いたと証言しているが、当人が泥酔していたとの情報もあり、それがどこから聞こえたかという点になるとあきらかでない。

チャールズ卿の遺体に暴行の形跡はなかったが、顔面にははげしく苦しんだようすがあった。というのも、主治医であるモーティマー医師ですら、最初、それが卿であると信じられないほど顔がゆがんでいたからである。なお、これは呼吸困難や極度の心臓疲労による死にはめずらしくない現象だといわれる。検死解剖の結果、長年の内臓疾患があったことがあきらかになり、検死陪審団も他殺ではないという評決を下した。

これを受け、一日も早く、チャールズ卿の後継者がバスカビル館に入り、中断された復興事業を再開することが望まれる。卿の急死に関しては、迷信とからめたうわさも流布されており、この検死結果が公開されなければ、バスカビル館にあらたな住人は現れないのではと危ぶまれていたところだった。

チャールズ・バスカビル卿にもっとも近い血縁者は、卿の令弟の子息であるヘンリー・バスカビル氏だが、氏は現在アメリカにいるといわれ、その消息を関係者が調査中である。

モーティマーは新聞をたたんでポケットにしまった。

「こういったことがチャールズ・バスカビル卿の死について発表されています」

「なるほど、興味深い事件です。新聞で読んだような記憶もありますが、ちょうどローマ法王庁に依頼されたカメオ事件にかかりきりでしてね。法王をがっかりさせるわけにもいかなかったのです。それで、いまの記事にあったことが、発表されている事件のすべてなのですか？」

「そうです」

ホームズはいすにもたれかかった。両手の指先を突き合わせ、冷ややかな表情をうかべた。

「それでは発表されていない事実をお聞かせください」

「わかりました」

モーティマーは決心したようにいった。

「これはまだだれにも、検死官にすら話していないことです。というのも、科学者のはしくれとして、いかにも迷信を信じているようには思われたくなかったからです。さらに、世間のうわさというものもあります。これ以上気味の悪いうわさをたてては、バスカビル館に住もうという人がいなくなると思ったのです。

ですがホームズさんにはすべてお話しします。

このあたりの荒野は、たいへん住民が少ないところで、近所づきあいはしぜんに親しくなります。わたしがチャールズ・バスカビル卿とおつきあいするようになったのも、それが理由です。このあたりでは、ラフター館のフランクランドさんと、博物学者のステープルトンさんをのぞけば、高い教育を受けた者がいないのです。チャールズ卿は、あまり人づきあいをする方ではありませんでしたが、病気の診察をさせていただいたのが縁で、たがいに科学への興味という共通点から親しくなったのです。卿は南アフリカから、科学的な資料をたくさん持ち帰っておられ、たとえばサン族とコイ族の比較解剖学など、興味のつきない話題がたっぷりとあったのです。

ですが亡くなる前の二、三ヵ月というもの、チャールズ卿はひどく神経をはりつめていて、医師としては不安な状態でした。さきほど読みあげた伝説をひどく気にしていたのです。館の中の散歩はやめませんでしたが、夜はけっして荒野に出ようとはしませんでした。

ホームズさんには信じられないかもしれませんが、卿はバスカビル家につたわる呪いというのを真剣に信じていました。なにかあやしいもの、おそろしいものにつきまとわれているという感じにとらわれていて、わたしが往診にうかがうと、途中であやしいものを見なかったか、とか、犬の吠え声を聞かなかったか、と何度もたずねられました。とくに犬の吠え声については、くりかえしきかれましたが、声がふるえているほどでした。

亡くなる三週間ほどまえですが、バスカビル館に馬車でうかがった晩のことは、よくおぼえています。チャールズ卿は、ちょうど玄関の前に立っていましたが、わたしが馬車を降りても、じっとわたしのうしろに目をむけたままなのです。おびえきった表情でじっと見ているので、思わずわたしがふりむくと、なにか黒くて大きなもの、子牛くらいあるような生きものが、馬車のむこうを通るのが見えたのです。チャールズ卿があまりにこわがるので、わたしはその生きものが通ったところまでいってしらべてみました。もうなにもいませんでしたが、そのことでチャールズ卿の神経はすっかりまいってしまったのです。

その夜は、ずっとそばについていることにしました。そしてそのときにはじめて、卿は、なぜ自分が恐怖を感じているかをわたしにうちあけ、あの古文書をわたしに持っていてくれとたのんだのです。正直、そのときはいったいなににおびえているのだろうと思っていました。

チャールズ卿のロンドン行きの話は、わたしのすすめによるものでした。心臓が悪いのに、妄想にとりつかれ、おびえて暮らしていては、健康によいはずがありません。主治医として、二、三ヵ月、都会で気晴らしをしてくることをすすめたのです。共通の友人であるステープルトンさんも卿の健康を心配していて、同じ意見でした。ですが、一日の差で、あんな結果になってしまいました。

チャールズ卿が亡くなった晩、執事のバリモアは死体を発見すると、馬丁のパーキンズをわたしの家に馬で知らせによこしました。その晩はおそくまで起きていたので、一時間としないうちにバスカビル館に着いていました。わたしはバリモアの話を聞き、じっさいにいちいの並木道を歩いていきました。荒野に出る門のところでは、チャールズ卿が立ち止まったらしい跡がたしかにありました。そしてさきほどの記事にあったように、そこから先では卿の足あとは大きく変わっていました。並木道のじゃりは湿っており、卿とバリモアのほかには足あとはありませんでした。

死体のもとにいくと、注意深くしらべました。だれも動かしておらず、死体はうつぶせに倒れていました。両腕を前にのばし、手の指は地面をつかむように曲げられていました。顔は——とてもチャールズ卿とは思えないほどはげしく引きつっていました。からだには傷ひとつありませんでした。

ですがバリモアは、検死陪審団に対し、一つだけ事実とちがうことを申しのべています。彼は、死体の近くには、なんの足あともなかった、と証言しました。これはうそをついたのではなく、気がつかなかったのです。すこしはなれた場所でしたが、新しい、はっきりとした足あとを――」

「足あと？」

「そう、足あとです」

「男の足あとですか、女の足あとですか」

モーティマーは一瞬、なんともいえない表情になった。それから聞きとれるかどうかというささやくような声でいった。

「ホームズさん、それはものすごく大きな犬の足あとでした」

3　問題点

白状しよう。ぼくはそれを聞いて、ぞっとした。モーティマー自身も声がふるえ、おびえている。

ホームズも身をのりだしていた。目がかがやき、深く興味をひかれているようすがうかがえる。

「ほんとうに見たのですね」

「見ました、まちがいなく」

「だれにも話さなかったのですか」

「むだです。話したところで」

「どうしてほかの人は気づかなかったのでしょう」

「その足あとは死体から二十ヤードほどはなれたところにあったのです。わたしにしてもあの伝説を知っていなければ、気にもとめなかったでしょう」

「荒野にはひつじの番犬がたくさんいるでしょう？」

「もちろんいます。しかし、あれは番犬の足あとなんかじゃありません」

「大きかったといいましたね」

「おそろしいほど巨大でした」

「しかしチャールズ卿の死体のそばには近づいていなかった」

「そうです」

「その晩の天気は？」

「湿っぽくて、肌寒い晩でした」

「雨は降っていなかった？」

「ええ、やんでいました」

「並木道のことを話してください」

「両側がいちいの生け垣で、高さは十二フィートくらいあり、くぐり抜けることはできません。道の幅は約八フィートくらいです」

「生け垣と道のあいだは？」

「両側とも芝生で六フィートくらいの幅があります」

「通り抜けられるのは門だけですか」

「そうです。荒野に通じています」

「ほかに出口は？」

「ありません」

「すると反対に、並木道に入るには、屋敷からいくのでないかぎり、その門を通って荒れ地から入るほかないのですか」

「屋敷とは反対側の、並木道のつきあたりにあるあずまやを通っても入れます」

「卿はそこまでいっていましたか」

「いいえ、五十ヤード手前で倒れていました」

「なるほど。では大切なことをおききします。あなたが発見した足あとは、並木道にだけあって、芝生の上にはなかったのですね」

「芝生には足あとはのこりません」

「足あとは並木道のどちら側にありました？　荒れ地側ですか」

「ええ。門のある側の道のはしにありました」

「おもしろい。門は閉まっていましたか？」

「閉まって、錠がおりていました」

「門の高さは？」

「四フィートくらいです」

「では乗り越えようと思えばできる」

「できます」

「門のそばにはどんな足あとがありました？」

「チャールズ卿のものだけです。乱れていて、卿がそこに五分以上とどまっていたことはたしかです」

「なぜそんなことがわかります？」

「葉巻の灰が二ヵ所に落ちていました」

「すばらしい！　この方はわれわれの仲間だ、ワトスン。それで足あとについて、もうすこし話してください」

「あたりのじゃり道一帯に、チャールズ卿の足あとがたくさんついていました。ほかの足あとは見つかりませんでした」

ホームズはひざを残念そうにたたいた。

「ぼくが現場にいさえしたらな！　じつに興味深い事件だし、科学の専門家なら見のがせない。ぼくがいたら、そのじゃり道から多くの発見ができたものを。もう、雨に流され、野次馬たちに踏み荒らされてしまったろう。惜しいなあ。モーティマーさん、なぜすぐにぼくを呼んでくれなかったんです⁉」

「呼べなかったんです。そんなことをしたら、いまお話ししたことが世間に知れわたってしまいますし、それは困ると申しあげました。それに——それに……」

モーティマーは口ごもった。

「それになんです?」

「どれだけ経験豊かな名探偵でも、とき明かせない謎があります」

「つまり超自然現象だといいたいのですか」

「はっきりそうは……」

モーティマーはうつむいた。ホームズはようしゃしなかった。

「心ではそう思っていますね」

「あの事件以来、自然の法則では説明のつかない多くのできごとを耳にしているのです」

「たとえば?」

「事件の起きるまえですが、バスカビル家の怪物らしきものの姿を見た者が何人かいるのです。それは動物学上考えられない姿かたちをしているのです。

証言によれば、それは青白く光る、巨大な生きものだったというのです。わたしはしらべてまわったのですが、見たというひとりは頑固一徹のいなか者、ひとりは蹄鉄工、ひとりは荒れ地の農夫です。三人が三人とも、怪物を見ていて、それは伝説にある地獄の魔犬にそっくりなのです。いまでは地元の人間はすっかりおびえていて、夜に荒れ地を出歩く者などおりません」

「科学を学んだといわれるあなたまでが、超自然の怪物が実在すると信じているのですか」

モーティマーはうなだれた。

「もうなにを信じてよいのか、わからないのです」

ホームズは肩をすくめた。

「ぼくの専門は人間です。さまざまな犯罪者とたたかってきましたが、魔界の生きものを相手にするとあっては、勝てるとは思えない。ですが、足あとは現実のものだ」

「伝説の犬も、魔界の生きものですが、現実に人間ののどぶえをかみちぎっています」

「まったくの超自然主義者のような発言ですね。しかし妙ではないですか？　そこまで超自然現象を信じているのなら、なぜぼくのところへいらしたのです？　チャールズ卿の死に関しては、調査をしても合理的な解決はつかない、ということになる」

「調査をしてほしいのではありません」

「ではなにをご相談なさりたいのです？」

「ヘンリー・バスカビル氏のことをご相談したいのです」

モーティマーは懐中時計をとりだした。

「あと一時間十五分ちょうどで、ウォータールー駅に到着するのです」

「バスカビル家の相続人ですね」

「そうです。カナダで農業をしていたところをやっと見つけたのです。若いがりっぱな人物のようです。これは医師としてではなく、故チャールズ卿から受託した遺言執行人として申しているのです」

「ほかに相続権のある人物は？」

「いません。しらべたかぎりの血縁者では、ロジャー・バスカビルという人物がいるだけで。この人物は、チャールズ卿をいちばん上の兄とする三兄弟の末弟にあたります。若くして亡くなった真ん中の兄弟が、ヘンリー氏の父親です。ロジャー・バスカビルは一家の問題児で、あの残虐なヒューゴー・バスカビルの血をひいたのか、のこっている肖像画にそっくりだったそうです。さんざん悪事を働き、イギリスにいられなくなると中央アメリカへと逃げだしたのですが、そこで黄熱病にかかり、一八七六年に亡くなりました。

そういった事情で、ヘンリー氏がバスカビル家の最後の生きのこりなのです。そのヘンリー氏を、一時間五分後には、わたしは迎えにいかなくてはなりません。今朝、サウザンプトンへ着いたという電報をもらったのです。ホームズさん、わたしはこれからどうすべきなのでしょう」

「先祖代々の屋敷へつれていったらどうです？」

「たしかにそのとおりです。しかしバスカビル館に住む者は、代々、非業の死をとげているのです。もしチャールズ卿が死ぬまぎわにわたしと話ができていたら、こう警告したにちがいないと思うのです。一族の最後のひとりで、しかも巨額の財産を相続する人間を、呪われた館に迎えてはいけない、と。

とはいえ、荒涼としたあの地方が、これから繁栄できるかどうかは、そのヘンリー氏にかかっているのです。バスカビル館に住まないのであれば、チャールズ卿が手をつけた公共事業もそれまでです。このことは、わたしの個人的な感情だけで決められる問題ではありません。そこですべてをお話しして、意見をうかがいたいと思ったのです」

ホームズは考えていたが、やがていった。

「はっきりいうなら、こういうことですね。怪物がいるから、バスカビル家の人間はダートムーアに住んではならない、危険だ、と」

「少なくとも証拠はあります」

「なるほど。しかしあなたの超自然説が正しいのなら、その人は、ロンドンにいようと、デボン州に住もうと、カナダにのこっていてさえ、呪いからはのがれられないはずだ。教区の決まった牧師さんのように、呪いや悪魔に受け持ち地区があるとは思えない」

「ホームズさん、あなたはこの問題に直接かかわっていないので、そんな気楽なことがいえるのです。あなたの意見では、このヘンリー氏は、デボン州にいってもロンドンにいるのと同じくらい安全だというようだ。彼が着くまで、あと五十分です。どうすればいいのです？」

「あなたの犬が待ちくたびれ、玄関のドアをガリガリやっています。馬車を呼んで、犬といっしょにウォータールー駅にいかれてはいかがです？　ヘンリー・バスカビル青年、いや、いまではヘンリー・バスカビル卿を迎えに」

「で、そのあとは？」

「そのあとは、この事件をどうあつかうか考えましょう。ですが、彼にはなにもいわないでください」

「いつまで待てばいいのです？」

「二十四時間。明日の十時にもう一度いらしてください。そのときヘンリー・バスカビル卿をつれてきていただければ、ぼくの計画をたてるうえでたいへんありがたい」

「わかりました。そうします」

モーティマーは、シャツのそで口にその約束をメモすると、いそぎ足で出ていった。ホームズは階段の上から呼び止めた。

「モーティマーさん、あと一つだけ、おたずねします。チャールズ・バスカビル卿が亡くなるまえ、何人かが荒野で怪物を目撃した、とおっしゃいましたね」

「三人です」

「その後、見た者は？」

「いないはずです」

「ありがとう。では、また……」

ホームズは自分のいすにもどってくると、満足そうな表情をうかべた。仕事が気に入ったようだ。

ぼくは無言で立ちあがった。こんなとき、ホームズは精神を集中させるため、ひとりでいることを好むのを、長年のつきあいで知っていたからだ。

「おや、出かけるのかい」

「用があるなら、ここにいるけど」

「いや、きみの手を借りるのは調査の段階に入ってからでいい。しかしまったくこんどの事件は奇妙でおもしろい。ところでブラッドリーの店の前を通ったら、いちばん強いパイプたばこを一ポンドとどけさせてくれないか、すまないけど。そして夕方までひとりにしておいてほしい。夜になったら話しあおう」

ぼくは無言でうなずき、出ていった。夕方まではベーカー街にはもどらず、クラブで時間をつぶした。ホームズはそのあいだ、あらゆる小さな証拠を洗いだし、組み立て、つなぎあわせて問題点をあらためているはずだった。

夜の九時近くなって、ぼくはベーカー街にもどった。居間のドアを開けたとき、一瞬火事ではないかとうたがった。テーブルの上のランプの光がかすむほど煙がたちこめていたからだ。

しかし、足を踏み入れ、火事ではないとわかった。強いパイプたばこの香りが鼻を刺したからだ。ぼくは、はげしくせきこんだ。煙幕を通してかすかにホームズの姿が見える。ガウンを着て黒の陶器でできたパイプをくわえ、安楽いすに身をしずめていた。あたりには大きな紙の筒が散らばっていた。

「かぜをひいたのかい、ワトスン」

「なにをいってるんだ。この煙のせいさ」

ホームズははじめて気づいたように空中に目をむけた。

「そういえば、煙がこもっているな」

「こもっている？　よく窒息しなかったな」

「だったら窓を開けたまえ」

平然とホームズはいった。ぼくは窓べに立って窓を開け、新鮮な空気を吸いこんだ。

「今日は一日、クラブかい？」

「よくわかるね」

「当たりかな？」

「当たっている。でもなぜ――」

ホームズは笑みをうかべた。

「ぼくの推理にいつも驚いてくれるきみは、ぼくの自信のもとだな。説明しよう。今日は雨で、道がぬかるんでいる。なのに一日じゅう出かけていたこの紳士の帽子や靴がよごれていない。となると、どこか家の中で一日をすごしていたということになる。だが彼にはとつぜんたずねていくような友人のあてもない。そうなれば、答えはしぜんにみちびきだされる」

「なるほど」

ぼくはうなずいた。ホームズは得意げにいった。

「この世界は、わかりきったことであふれているのに、だれもそれに目をむけようとしないんだ。ぼくがどこにいっていたか、わかるかい」

「ずっとここにいたのだろう」

「とんでもない！」

ホームズは笑みをうかべ、首をふった。

「デボン州にいってきたのさ」

「心だけが？」

「そのとおり。からだは一日じゅう、こうしてこのいすの上にいた。知らないうちにコーヒーをポット二杯と、大量のたばこをのんでいたけどね。きみが出かけてから、ぼくはスタンフォードの店に使いをやって、陸地測量部の地図をとりよせたのさ。デボン州ダートムーアのね。そうして心を一日、荒れ地でさまよわせていた。もっとも道にまようことはなかったがね」

「拡大地図かい」

「うんと大きいやつだ」

いって、ホームズは足もとの地図をひろげた。

「ほら、名まえは出ていないが、これがいちいの並木道だ。この、家がすこしかたまっているのがグリンペン村で、モーティマーの家もここにある。たしかに半径五マイル以内に、家は二、三軒しか建っていない。ひどくさびしいところだ。そしてこれが――」

ホームズは地図上の一点をさした。

「モーティマーのいっていたラフター館。さらにこの家が、博物学者のステープルトンとかいった人物がいるところだろう。

荒野には二軒の農家がある。ハイトールとフールマイヤーという家だ。さらに十四マイルいくと、刑務所がある。プリンスタウン刑務所だ。刑務所が作られるだけあって、ほんとうになにもない土地さ。そしてこのあたりを舞台に悲劇の幕が上がった。われわれもじき、登場人物となる」

「なんとも殺風景な舞台だな」

「うん。魔界の生きものにはふさわしい土地だ」

「おやおや、きみも超自然主義に走ったのかい」

「いやいや。魔界の生きものは、人間に化けている可能性もあるということさ。問題点は二つ。一つめは、この悲劇が犯罪であるかどうかということ。二つめは、もし犯罪だとすれば、その動機と手段はなにか。もしモーティマーの考えが正しいのなら、ぼくらは自然の法則の通じない敵を相手にすることになる。だったら調査などなんの意味もない。しかし頭からそうとは決めつけず、できるだけしらべてみる必要があると思うんだ」

　ホームズはふいに身ぶるいした。

「ワトスン、もう窓を閉めよう。妙な話だが、澄んだ空気よりよどんだ空気の中にいるほうが頭がよく働くような気がする。ところできみはこの事件について考えたかい」

「もちろん一日じゅう考えていたさ」

「で、どう思った？」

「お手上げだ。さっぱりさ」

　ぼくは首をふった。

「たしかに奇妙だ。しかしはっきりとわかっていることもある。たとえば並木道にのこされていたチャールズ卿の足あとだ」

「途中から乱れて、つまさきで歩いたようだといっていたね」

「まぬけな話さ。並木道をわざわざつまさきで歩く人間がいると思うかい？」

「じゃいったい――」

「走っていたんだよ！　必死になってね。走って走って、死にものぐるいで走って、ついに心臓が破裂して倒れたんだ」

「なにかから逃げようとした……」

「そう。だがなにから逃げようとしたのだろう。しかも屋敷のほうではなく、反対の方角に逃げたということは、それは荒れ地のほうからやってきたんだ。そして馬商人の証言が正しければ、それを見たチャールズ卿は助けをもとめながらけんめいに走っていった。それもだれもいない方角へ。恐怖のあまり自分がどちらをむいているかもわからなくなっていたのだろう」

ホームズはいたましげに首をふった。そして顔を上げた。

「さらにもう一点。チャールズ卿はその晩、だれかと待ちあわせていた」

「待ちあわせていた？　夜おそくに？」

「チャールズ卿は老齢だった。いくら散歩が日課とはいえ、雨あがりの深夜に五分も十分も同じ場所で立ち止まっていたというのはへんじゃないか」

「葉巻の灰だね」

ホームズはうなずいた。

「荒野をあれほどこわがっていた人間が、毎晩そことつながっている門の前で立ち止まるはずはない。その夜にかぎって、卿はそこでだれかを待っていたのさ。ロンドンに出発する前夜だ。なにか意味があったのさ。どうだい、ワトスン、見えてきたものがあるだろう」

ホームズはにやりと笑った。が、つぎの瞬間、すべてをわすれたかのようにいった。

「バイオリンをとってくれないか。今日はこれくらいにしよう。明日、ヘンリー・バスカビル卿に会えるんだ。つづきはそれからでもおそくない」

4　ヘンリー・バスカビル卿

ぼくらは朝食を早めにすませ、来客にそなえた。十時きっかりに、モーティマーは若き准男爵をともなって現れた。

ヘンリー・バスカビル卿は三十歳くらいに見えた。小柄だがすばしこそうな人物で、日に焼け、黒く太いまゆが意志の強さをあらわしていた。赤みがかった色のツイードのスーツを身に着け、落ちついた物腰だった。

「こちらがヘンリー・バスカビル卿です」

モーティマーが紹介した。

「はじめまして、ホームズさん。じつはモーティマー先生のご紹介を受けなくても、自分からこちらにはうかがうつもりでした。名声はかねがねお聞きしておりましたし、今朝、わたしにも奇妙なできごとがあったものですから……」

か」

「おすわりください。ロンドンに着いてから、なにか変わったことが起きたというのですか」

ガウン姿のホームズはいすをすすめ、たずねた。

「たいしたことではないかもしれません。ただの冗談かもしれない。今朝、この、手紙らしきものを受けとりまして」

ヘンリー卿はテーブルに一通の封筒を置いた。ぼくらはそれをのぞきこんだ。ありふれた灰色の封筒で、表には「ノーサンバランド・ホテル気付　ヘンリー・バスカビル卿」と、きたない字で書かれていた。消印はチャリング・クロス郵便局で、昨夜のものだ。

「あなたがノーサンバランド・ホテルに泊まることはだれかが知っていましたか」

ホームズはするどい目になってヘンリー卿を見つめた。

「知っている者はいないはずです。モーティマー先生に会ってから決めたのですから」

「モーティマーさんもそのホテルに？」

「いいえ。わたしは友人の家に泊まっておりました。ですから、わたしがヘンリー卿をそのホテルへ案内することなど、まえもってだれも知りようがありません」

「なるほど。すると、あなたがたは監視されていたわけだ」

ホームズは封筒から四つ折りになった手紙をとりだした。ひろげてテーブルに置く。白地の紙の中央に一行の文章が、印刷された文字を切り抜いて貼りつけられていた。

『生命』『と』『常識』『を』『大切にするならば』、荒野『から遠ざけよ』」

なかの「荒野」という字だけがペンで書かれていた。

「ホームズさん、どう思われます？　いったいだれが、なんのためにこんな手紙をよこしたのか」

「モーティマーさんはどうお考えです？　これには超自然的なところはまるで感じられない」

「そうですね。ですが、手紙をよこした人物は、事件の超自然性を信じているのかもしれません」

「事件？　事件とはなんです？　どうやらわたしの知らないことをみなさん、ごぞんじのようだ」

ヘンリー卿はぼくらの顔を見まわした。

「お帰りになるまでにはお話しします。さしあたってこの手紙から解決しましょう。この手紙は昨夜のうちに作られ、投函されています。ワトスン、きのうの『タイムズ』はあったっけ」

ぼくは部屋のすみからとりあげ、わたした。

「そうだな……社説欄かな」

受けとったホームズは新聞をひろげて、目を走らせた。

「あったぞ。この自由貿易に関する社説だ。ちょっと読んでみよう——。『保護関税法の実施により、特定の産業と貿易を大切にするならば、輸入品の値が上がり、結果的に経済を繁栄から遠ざけよう。さらにわが国の生命力をおとろえさせることは、常識である。』なるほど、なかなかりっぱな意見だ」

ホームズはうれしそうに両手をこすりあわせた。

モーティマーは、正気をうたがうかのようにホームズを見つめた。ヘンリー卿は途方にくれた目をぼくにむけた。

「わたしは関税とか経済の問題はよくわかりませんが、この手紙となにか関係あるのでしょうか」

「大ありです。ワトスンならわかるね」

ぼくは力なく首をふった。

「いや、まったくわからないね」

「やれやれ。この二つには密接な関係がある。記事の文章をよく見てみたまえ。『生命』『と』『常識』『を』『大切にするならば』『から遠ざけよ』——すべてはこの社説から切りとられた文字さ」

「なるほど！　そのとおりだ。たいしたものだ」

ヘンリー卿は大声を出した。

「驚きました」

モーティマーも目を丸くしてホームズを見つめた。

「これが新聞から切り抜かれたというだけなら、それほどびっくりもしませんが、『タイムズ』紙だと当てたうえに社説欄だとまで見抜くとは……。いや、驚きました」

「モーティマーさん、あなたは頭蓋骨《ずがいこつ》を見れば、それが白人のものであるか、黄色人種のものであるか、判断がつくでしょう？」

「むろんです」

「なぜです？」

「それがわたしの専門分野だからです。眼窩《がんか》上部の隆起、顔面角度、あごの骨の曲線、さらに——」

「でしょう。同じようにこれがぼくの専門分野なのです。頭蓋骨と同様、明白なちがいが活字にも見られます。『タイムズ』の九ポイント活字は、粗悪な夕刊紙の印刷とはまるでちがう。活字の判別は、犯罪調査の初歩的な知識です。とはいえ、ぼくも未熟なころは『リーズ・マーキュリー』紙と『ウエスタン・モーニング』紙を混同したことがあります。ところが、『タイムズ』の社説の印刷はひじょうに特徴があって、ひと目でわかるのです。この手紙がきのう作られたものとすると、きのうの『タイムズ』から切り抜いたものと考えるのは、ごくしぜんです」

「なるほど。するとだれかが新聞をはさみで切り抜いて――」

「爪切りばさみです。『から遠ざけよ』を切りとるのに、二度はさみを使っている。だから刃の短い爪切りばさみであると思われます」

「それを糊で貼りつけた――」

「ゴム糊です」

「ゴム糊！　ふーん。しかしなぜ『荒野』だけが手書きになっているのでしょう」

「新聞では見つけられなかったからです。ほかの文字はよく使われる。しかし『荒野』という字はあまりありません」

「そうか……。ほかになにかわかりますか、ホームズさん」

「気づいたことはいくつかあります。まずこの手紙を作った人物は、手がかりをのこさないよう、苦心している。まずあて名がひどくきたない字ですが、『タイムズ』は本来、高い教育を受けた人間が好む新聞です。とすると、このひどい字は、教育のある人物が、そうでないと見せかけるために書いたものだということになる。さらに筆跡をかくそうとしているのは、あなたが知っているか、これから知りあうであろう人物だからだ、という仮説もなりたちます。

　それから、文字がまっすぐにならべられていませんね。高さがちぐはぐだ。たとえば『生命』などは妙にとびだしている。これは不注意だったか、ひどくいそいでいたか、という二つの可能性が考えられる。ぼくとしては、あとのほうをとります。これは重大な内容をふくんでいますから、適当に貼るとは思えない。では、なぜいそいだか。早朝までに投函すれば、ヘンリー卿がホテルを発つまでにとどくはずですから、作った人間がそれほど時間に追われていたとは思えない。するといそいだ理由はべつにある。たとえば、手紙を作るのにじゃまが入るのをおそれたとか。ではいったいどんなじゃまが入るのをおそれたのか――」

「そこまでは考えすぎなのでは」

モーティマーがいった。

「いや、あらゆる可能性を考え、もっとも確率の高い答えをみちびきだそうとしているのです。想像力を科学的に応用してね。想像といっても、そこにはかならず科学的な根拠がある。たとえばあなたは考えすぎというかもしれませんが、この手紙がホテルで書かれたことは、まちがいない」

「なぜそんなことがわかるんです?」

「封筒のあて名をごらんなさい。ペンもインクもひどく使いづらかったことがわかります。ペンは一字を書くのに二度もひっかかってインクをはねているし、短いあて名なのに三度もかすれているのは、インクつぼの中にほとんどインクが入っていなかった証拠です。もし個人のペンやインクなら、そんな状態のままほうっておくことはまず考えられません。ところがホテルにそなえつけのペンやインクとくると、むしろそうでないほうがめずらしいくらいです。チャリング・クロス街周辺のホテルの部屋の紙くずかごをかたはしからしらべれば、社説の部分を切り抜いた『タイムズ』紙がきっと見つかります。つまりこの奇妙な手紙の送り主も突き止められるというわけです。おや！　これはなんだ？」

ホームズはとつぜん、文字が貼ってある紙をのぞきこんだ。

「なにか？」

「いや、なんでもないようだ。ただの白い紙でした。透かし模様も入っていません」

ホームズは紙をテーブルにもどした。ヘンリー卿に目をむける。

「ところでロンドンにお着きになってから、ほかにはなにも変わったことは起きていませんか？」

「いえ、べつに……」

ヘンリー卿は首をふった。

「だれかに尾行されているとか、見張られているような気配はありませんでしたか」

「いいえ。なぜそんな目にあわなければならないのです？」

あべこべにヘンリー卿はききかえした。

「これからそれをしらべるのです。ほかになにかありませんか？」

ホームズはにこりともせずにいった。ヘンリー卿は首をかしげた。

「話すほどのことかどうかはわかりませんが……」

「どうぞ話してください」

ヘンリー卿は苦笑をうかべた。

「わたしはこれまでアメリカとカナダで暮らしてきたので、イギリスの生活にはあまり慣れていません。でも靴を片方なくすようなことは、この国でもそうはないのでしょう？」

「靴を片方なくした？」

「それはなにかのまちがいですよ」

モーティマーがいった。

「ホテルにもどられたらきっとすぐに見つかります。ホームズさんに話すほどのことでは――」

「いえ、ぜひ聞かせてください。どんなにばかげていることでもかまいません。とにかく靴が片方、行方不明になったのですね」

「そうです。ゆうべ、靴みがきに出そうと、ドアのそとにそろえて置いておいたのが、朝見ると、片方しかないのです。係の者にきいてみましたが知らないといいますし。しかもその靴は、きのうストランド街で買ったばかりで、一度もはいていないのです。腹がたちました」

「一度もはいていないのに、なぜ、みがかせようとしたのです？」

「茶色の革の靴で、まだつや出しをしていなかったのです。だからみがかせようと思ったのです」

「するときのうロンドンに到着されて、すぐ買い物に出かけられたのですか？」

「ええ。ずいぶんいろいろなものを買いました。モーティマー先生が案内してくださったので。わたしもいなかの大地主ということになれば、それなりの身なりをしなければなりませんから。むこうにいたときは、服装などかまったことがなかったのです。買ったものの一つがその茶色の靴だったのです。六ドルもしたのに、一度もはかないうちに盗まれてしまいました」

「ふむ」

ホームズはうなった。

「それにしても奇妙な盗みかただ。靴を片方だけ盗んだところで、なんの役にもたたないだろう。そのうち見つかるかもしれませんね」

「ところでみなさん、わたしは知っていることをすべて話しました」

ヘンリー・バスカビル卿はきっぱりといった。

「そろそろなにが起こっているのか、お話しいただけませんか」

「わかりました」

ホームズがいい、モーティマーを見やった。

「モーティマーさん、ぼくらにお話しになったことを、もう一度ここでお話しください」

ホームズにすすめられ、モーティマーは例の古文書をポケットからとりだした。きのうの朝、ぼくらに聞かせたのと同じ物語をくり返す。ヘンリー卿は、時折驚きの声をあげながら、耳をかたむけていた。

「――なるほど。そうするとわたしは財産といっしょにいわくつきの家を相続するわけですね」

モーティマーの話が終わると、ヘンリー卿はいった。

「むろん、その犬の話は子どものころから聞かされていました。代々わが家につたわるいいつたえとしてね。しかし真剣に考えたことなどありませんでした。ですがそれに関連して伯父が亡くなったとなると……、なんといってよいか、混乱してしまいます。みなさんもこの事件を警察にまかせるべきか、教会に相談すべきか、決めかねておられるのですね」

「そうですね」

「そこへホテルのわたしあてにこんな手紙がきた。事件に関係があるのでしょうか」

「荒野でなにが起こっているのか、わたしたちよりくわしく知っている者のしわざです」

モーティマーがいった。

「しかしその手紙の主はあなたに危険を知らせています。敵意をもっているとは思えない」

ホームズはいった。

「なにか目的があってわたしを追いはらおうとしているのかもしれません」

「それも考えられます。モーティマーさん、じつに興味深い事件をお知らせくださり、感謝しています。しかしヘンリー卿、ここで決めておかなければならないことがあります。あなたがバスカビル館にいくか、いかないかの問題です」

「なぜわたしがバスカビル館にいかない、と思うのです？」

「危険があるようです」

「バスカビル家にとりついた呪いが危険なのですか？　それともこの手紙を送ってきた人物が危険なのですか」

「それはこれから突き止めます」

「どちらにせよ、わたしの返事は決まっています。魔界の生きものなど、この世にいるはずがありません。わたしは先祖代々の家に帰ります。だれにもじゃまはさせません」

ヘンリー・バスカビル卿は顔を赤らめ、きっぱりといった。きびしい表情になっている。バスカビル家のはげしい気性が、最後の生きのこりとなったこの若者にもつたわっているのはあきらかだった。

「いずれにしても、いまお聞きした話をじっくりと考えてみるつもりです。この場ですべてを判断することはできません。ああ、もう十一時半だ。ホームズさん、わたしは一度ホテルにもどり、ひとりになって考えてみたいと思います。お友だちのワトスン博士と、二時にいらしていただけませんか。昼食をごいっしょしましょう。そのときには、わたしの気持ちも決まっていると思います」

ホームズはぼくを見た。

「ワトスン、きみのつごうは？」

「けっこうだよ」

「ではいっしょにうかがいます。馬車を呼びましょうか？」

「いいえ、歩いて帰ります。なんだかまだ混乱しているので、散歩がてら考えをまとめたいのです」

「ではわたしもごいっしょします」

モーティマーがいった。

「それでは二時にお待ちしています。おじゃましました」

ふたりは居間を出ていくと、階段をおりていった。玄関のドアが閉まる音が聞こえたとたん、ホームズのものうげな態度が一変した。

「いそげ、ワトスン！　一刻をあらそうんだ」

ガウンを脱ぎすてると、フロックコートをはおった。

ぼくらは大いそぎで階段を駆けおりた。表へとびだすと、ヘンリー卿とモーティマーが、二百ヤードほどはなれた場所を歩いているのが見えた。オックスフォード街の方角へむかっている。

「走っていって呼び止めるかい」

「ばかをいっちゃいけない。こちらもふたりいればじゅうぶんだ。散歩にはぴったりの朝じゃないか」

だがホームズは早足になってあとを追い、彼らとの距離を、半分の百ヤードになるまでちぢめた。ぼくらはオックスフォード街を抜け、リージェント街に入った。前をいくふたりは一度足を止め、ショーウインドーをのぞいた。

ホームズも同じ場所で同じことをした。その直後、ホームズはうれしそうな、小さなさけびをあげた。ホームズの視線の先には、ゆっくりと動きだした二輪の辻馬車があった。中にはひとりの男が乗っている。

「ワトスン！　あの男だ。いこう、顔を見てやろうじゃないか」

だがそのとき、馬車の横についた窓から、もじゃもじゃの黒いあごひげをはやした男がするどい目をこちらにむけてきた。あっというまに窓のおおいがおろされ、きびしい声で御者に命令を下した。馬車はとつぜんスピードを上げ、走り去った。

ホームズはあわててあたりを見まわしたが、あいている辻馬車の姿はなかった。ホームズは走り去った馬車を追おうと走りだした。だがいくらホームズが駆けても、もうあとのまつりだった。馬車は消えてしまっていた。

「やれやれ、失敗をしたものだ」

息を切らせながらもどってきたホームズははきだすようにいった。くやしげな顔をしている。

「ワトスン、この失敗も正直に記録に書いて、人々の評価を割り引いてもらうといい」

「あの男は何者なんだ」

「ぼくにもまだわからない」

「スパイだろうか」

「さあ。話のようすでは、何者かがロンドンにきてからのヘンリー卿を監視しているのはあきらかだ。そうでなければ、泊まっているホテルがノーサンバランドだとこうも早くわかるはずがない。今日も尾行しているにちがいないとふんでいたのだが、へまをしたよ。きみは気づいていたろうが、モーティマーがあの伝説を読みあげていたとき、ぼくは二度も窓ぎわにいったろう」

「そういえば……」

「通りをうろついているやつをさがしたのだが、わからなかった。抜け目のない相手だ。ワトスン、この事件は謎だらけだ。この相手はまだ敵か味方かわからないが、相当頭が切れるやつさ。さっきふたりのあとをすぐに追ったのは、ひそかにつけているやつを突き止められるかもしれないと思ったんだ。ところがやつは馬車を使い、しかもわざと追いこしたり、のろのろとあとをついていったりして、見抜かれないようにしていた。しかも馬車に乗っているかぎり、ふたりが馬車を拾っても見うしなう心配がない。ただし、欠点が一つある」

「御者に知られてしまう」

「そのとおり!」

「馬車の番号をおぼえておくのだった」

「おいおい、ワトスン、いくらぼくがへまをしたといっても、そこまでまぬけだとは思わないでくれよ。馬車の番号は二七〇四だ。だがいまのところ手がかりはこれしかない」

「やれるだけのことはしたじゃないか」

「いや。あの馬車に気づいたら、すぐ反対の方向へ歩きだすべきだった。そしてほかの馬車をやとい、やつの馬車を尾行することもできた。ところが結果をいそいだためにこのざまだ」

いつのまにか、モーティマーとヘンリー卿の姿が見えなくなっていた。

「あのふたりをつけてみてもしかたがない。やつはもうもどってこないだろう。つぎの手を考えよう。馬車に乗っていた男の顔は見たかい?」

「濃いひげをはやしていた」

「ぼくも見た。つまりつけひげだってことさ。あれほど用心深く抜け目のないやつが、めだちやすい本物のひげをはやしているはずがない。そうだ、ワトスン、ここにちょっと寄っていこう」

そこはメッセンジャー会社の前だった。ホームズは事務所に入っていった。ホームズの顔を知る支配人があいそよく彼を迎えた。

「やあ、ウイルスンさん、いつかの一件をまだおぼえていてくれたんですね」

「わすれるはずがないじゃありませんか。あやうく、命も名誉もなくすところだったのを、助けていただいたのですから」

「いやいや、それはおおげさです。ところであのとき、役にたってくれたカートライトという少年はまだいますか？」

「ええ、あの子でしたらまだおります」

「ちょっと呼んでいただけますか。それとこの五ポンド（今の約十二万円にあたる）札をくずしていただけるとありがたいのですが——」

まもなく、明るくてりこうそうな少年が現れた。十四歳だという彼は、有名な探偵の顔を、あこがれと尊敬のいりまじった目で見あげた。

「ホテルのガイドブックはありますか。よかった。ところでカートライト、ここにチャリング・クロス周辺のホテルが出ているね。全部で、そう、二十三軒ある」

「はい」

「きみに一軒ずつまわってもらいたい」

「わかりました」

「まず、すべての玄関のボーイに一シリング（二十分の一ポンド＝約千二百円）ずつわたすんだ。ほら、これがそのぶんの二十三シリングだ」

「はい」

「それから、きのう部屋から出た紙くずを見せてほしいとたのむんだ。そうだな、大事な電報をまちがえて配達してしまった、とでもいうといい。できるな」

「はい」

「しかしきみにほんとうにさがしてもらいたいのは、はさみで真ん中のページが切り抜いてある『タイムズ』紙なんだ。これが同じ『タイムズ』紙だ。このページの部分だ。きみならできる。わかったかな」

「わかりました」

「どのホテルにいっても、ボーイはポーターを呼ぶだろう。そのポーターにも一シリングわたすといい。これがそのぶんの二十三シリング。たぶん二十三軒のうち半分以上は、きのうの紙くずはもう燃やしてしまったとかいうだろう。でももしかすると、のこりのホテルから『タイムズ』が見つかるかもしれない。見つかる可能性はひどく低いと思うけどね。それから万一のために、もう十シリングをべつにわたしておく。結果は夜までに電報でベーカー街に知らせておくれ」

　ホームズはぼくのほうをむいた。

「さて、ワトスン。あとは辻馬車の二七〇四号の御者の名を電報で問いあわせればいい。それがすんだら、ボンド街の画廊でものぞいて時間をつぶしてから、ノーサンバランド・ホテルへと出かけよう」

5　うしなわれた手がかり

シャーロック・ホームズの集中力には、いつものことながら驚かされる。それからの二時間というものは、画廊に陳列された近代ベルギー画家の作品鑑賞に没頭していた。しかも話すことといえば、美術についてばかりなのだが、それがいかにもとんちんかんで、ぼくは笑ったりあきれたり、いつもとは正反対の彼に、ひそかに溜飲《りゅういん》を下げたのだった。

ノーサンバランド・ホテルに着くと、ぼくらはまっすぐフロントにむかった。

「ヘンリー・バスカビル卿が二階でお待ちです。おみえになったらすぐお部屋にお通しするよう、申しつかっております」

フロント係はぼくらにいった。

「そのまえに、宿泊者名簿を見せてもらえないかな」

名探偵にもどったホームズがいった。

「よろしゅうございます」

名簿によれば、ヘンリー卿のあとホテルにやってきたのは、ニューカッスル市のジョンスン一家、オールトン市のオールドモア夫人とそのメイド、とある。

「このジョンスン氏はぼくの知りあいかもしれない。白髪で、弁護士をやっている――」

ホームズはフロント係にいった。

「いいえ。こちらは炭鉱王のジョンスンさまです。お年もお客さまくらいですが」

「そうか……でもちがうかな……」

「まちがいございません。ジョンスンさまは長年のお客さまでして」

「なるほど。じゃ、このオールドモア夫人は？　この人も聞いた名まえだ。知りあいじゃないかしら」

「元グロスター市長の奥さまで、ロンドンにおこしの節は、いつも当ホテルをご利用いただいております」

「ありがとう。ぼくの勘ちがいだったようだ」

ホームズは礼をいって、ホテルの階段を上った。

「どうやらヘンリー卿を監視している人間はこのホテルには泊まっていないようだ。つまり、自分の姿をヘンリー卿に見られたくない、というわけだ。これはおもしろい」

「なにがおもしろいんだい？」

「それはつまり……おや、どうしました？」

階段を上りきったところで、ぼくらはヘンリー卿に出くわした。顔を真っ赤にして怒っている。その手には、はきふるした黒い靴が片方あった。

「ばかにしているのか！　このホテルは。客をなんだと思ってるんだ。冗談のつもりだったら、後悔させてやる！」

「まだ、靴が見つからないのですか」

「それどころか、ホームズさん。こんどは長年はいていた黒い靴のほうまでなくなったんです。わたしは靴を三足しか持っていないのに、これでいまはいている靴以外はすべて片方を盗まれてしまった！」

そこへドイツ人のボーイがおどおどしながらやってきた。

「申し訳ございません。ホテルじゅうをさがしたのですが、どこにもございません」

「いいか、夕方までにかならずさがしだせ！　さもないと支配人にいって、こんなホテルなど出ていくからな！」

「かならず、かならず、さがしだします」

ヘンリー卿はホームズをふりかえった。

「どうもおさわがせして……」

「いいえ、むりもありません」

答えたホームズの顔は険しかった。

「どうもこんどの事件は複雑だ。伯父さんの死とむすびつけると、じつに入り組んでいる。ですが手がかりはいくつかあります。いずれ真相は解明できるでしょう」

昼食の席にぼくらは着いた。事件のことはほとんど話題にはせずに昼食を終えたぼくらは、居間のほうに席をうつした。

「これからどうされるのです」

ホームズはヘンリー卿にたずねた。

「なるべく早くバスカビル館にいくつもりです。この週末にでも」

「それは賢明な選択です。あなたを監視している者はたしかにいますが、大都市であるこのロンドンでは、それを見破るのはむずかしい。たとえあなたに危害をくわえようという者が現れても、ぼくらにはなかなかふせぐことができないのです。モーティマーさん、さきほど、ベーカー街のぼくらの家を出てすぐ、尾行がついたことにお気づきでしたか？」

モーティマーは口をあんぐりと開いた。

「尾行されていた!?　いったいだれに」

「残念ながらわかりません。ダートムーアの知りあいで、黒いあごひげをはやした人物はいますか」

「いいえ――いや、待ってください、います。チャールズ・バスカビル卿の執事だったバリモアが、真っ黒な濃いあごひげをはやしています」

「バリモアはいまどこに？」

「館にいるはずです」

「たしかめましょう。電報の頼信紙をください。『ヘンリー卿を迎えるしたくはできたか』、これでいいでしょう。館にもっとも近い電報局はどこですか」

「グリンペン郵便局です」

「ではグリンペン郵便局長あてにもう一本。『バリモアあて電報はかならず本人に直接手わたされたし。もしバリモア不在なら、ノーサンバランド・ホテル、ヘンリー・バスカビルあて返送せよ』これで夕方には、バリモアがデボン州のバスカビル館にいるかどうかわかります」

「なるほど」

ヘンリー卿はうなずき、モーティマーを見た。

「ところでバリモアというのはどんな人物です？」

「亡くなった父親も管理人でしてね。彼は四代めにあたりますか。代々仕えているわけです。あたりでは評判のいい夫婦です」

「同時に、いまは主人が不在だから、のんびり暮らしていられるというわけだ」

ヘンリー卿がいった。

「ええ、そのとおりです」

「バリモアは、チャールズ卿の遺言でいくらかもらったのですか」

ホームズがたずねた。

「夫婦とも五百ポンド（約千二百万円）ずつです」

「なるほど。その遺言について、夫婦は知っていましたか」

「ええ。チャールズ卿は、よく遺言状の内容を口にされていましたから」

「興味深い」

「でもホームズさん、遺産を受けとった人間すべてをうたがう気ではないでしょうね。現にこのわたしも千ポンド（約二千四百万円）をもらっています」

「ほう。ほかにはだれが？」

「すこしずつですが、いろいろな人がもらっています。それに慈善団体もかなりの寄付を受けています。のこりがすべてヘンリー卿のものとなります」

「いくらですか」

「七十四万ポンド（約百七十七億六千万円）です」

ホームズはまゆをつりあげた。

「それほど巨額とは」

「チャールズ卿が財産家だとは聞いていましたが、相続の際にしらべて、あらためてわかったのです。総額は百万ポンド（約二百四十億円）近くになります」

　モーティマーはいった。

「なるほど。それなら大ばくちを打とうという人間が現れてもふしぎはない。モーティマーさん、もう一つ。失礼ながら、このヘンリー・バスカビル卿に万一のことがあった場合、財産はどなたのところへいくのです？」

「チャールズ卿の弟にあたるロジャー氏は結婚されないまま亡くなられたので、いとこにあたるデズモンド家の人が相続することになります。ジェームズ・デズモンドさんといって、ウェストモーランド州で牧師をなさっている方です。もうかなりのお年寄りですが」

「そのジェームズ・デズモンドさんに会われたことは？」

「はい。いつだったか、チャールズ卿をたずねてみえました。いかにもりっぱな、牧師らしい方で、チャールズ卿が万一のときは遺産を受けとってほしいといわれても、なかなか受け入れず、やっとおしつけられたかっこうで受け入れました」

「するとその欲のない牧師さんが、場合によってはヘンリー卿の財産の相続人となるわけですね」

「万一の場合は、法律によって、土地も館もすべてその方が相続されることになります。ただし現金のような動産は、遺言によって行き先を決めることができます」

「ヘンリー卿、あなたはもう遺言状をお書きになりましたか」

ホームズはたずねた。

「とんでもない！　書いてあるわけがありません。事情がわかったのはきのうのことですから。でもわたしは、お金と爵位と不動産は切りはなすべきではないと思います。亡くなった伯父もそう考えていました。土地や館を維持していくにはお金がかかります。またそれができてこそ、バスカビル家の家名をとりもどせる」

「それはそうですね。ところでヘンリー卿、なるべく早くデボン州にいかれるべきだとぼくも思いますが、それには一つ、条件があります。けっしてひとりではいかれないことです」

「モーティマー先生がいっしょです」

「モーティマーさんにも仕事がありますし、家もバスカビル館から何マイルもはなれている。それではいざというときに間にあわない」

「ホームズさん、あなたがごいっしょしてくださるわけにはいきませんか」

「そうしたいのですが、ごぞんじのとおり、ぼくもなにかといそがしいからだなのです。もちろん、ほんとうに危険な事態となれば、ぼくも駆けつけます。ただ、いまはちょっと、ある身分の高い人が脅迫を受けている事件を手がけていまして……」

「ではどなたかいらっしゃいますか」

ホームズはぼくの腕をつかんだ。

「もしワトスンくんさえ引き受けてくれたら、これほど心強い人物はいません。保証します」

いきなりだったのでぼくはびっくりした。

「お、おい、ホームズ――」

だがヘンリー卿はぼくの手をにぎりしめた。

「いやあ、ありがたい、ワトスン先生。あなたなら信頼できますし、事情もよくわかっておられる。恩にきます！」

ぼくは冒険の誘惑に弱い人間だ。しかもこれほど誘われては、ことわりきれない。

「よ、よろこんでうかがいましょう！」

「報告は細かくね、ワトスン。危険はきっとくる。そのときはこちらから指示を送るから。土曜には出発できるかい？」

ホームズはいった。

「いかがです？　ワトスン先生」

「だいじょうぶです」

「ではなにもなければ、土曜日の午前十時半、パディントン発の汽車でお目にかかりましょう！」

ぼくらは席から立ちあがった。そのとたん、ヘンリー卿はさけび声をあげ、部屋のすみにある戸棚に駆けよった。

「いや、こんなところにあった！」

戸棚の下から彼がひっぱりだしたのは、最初になくしたという茶色の靴だった。

「問題がこんなふうにかたづくとよいですね」

ホームズがほほえんだ。

「しかしおかしいですね。昼食まえにわたしはこの部屋をしらべたのだが……」

モーティマーがいった。

「わたしもしらべました。それもすみからすみまで。そのときはなかったのに」

「じゃあ昼食のあいだにボーイがとどけていったのかな」

ドイツ人のボーイが呼ばれた。だがボーイはなにも知らないといい、いくらたずねても、だれが靴を置いていったのかの謎はとけなかった。

つぎつぎに謎はふえていく一方だった。チャールズ卿の怪死にはじまり、それからは奇妙な切り貼りの手紙、二輪馬車の黒ひげの男、買ったばかりの茶色の靴の紛失、つぎに、はきふるした黒の靴の紛失、そしてこんどは消えた茶色の靴の出現だ。

ベーカー街にもどる馬車の中では、ホームズは口をつぐみ、険しい表情をうかべていた。その頭は、事件の謎をとこうという考えで、めまぐるしく動いているにちがいなかった。それはぼくも同じだ。部屋にもどってからも、ホームズはおそくまで、パイプをくゆらしつづけていた。

夕食の時刻に、二通の電報がとどいた。

「バリモアは館にあり——バスカビル」

と、

「指示どおり、二十三軒のホテルをしらべた。切り抜いた『タイムズ』は発見できず。残念です——カートライト」

だった。

「手がかりの二つは切れたか。だがまだのこっているし、うまくいかないときほど、やる気がわいてくるものさ」

ホームズはそれを見ていった。

「まだあの馬車がのこっている」

「うん。もう馬車会社には電報を打ってある。御者の名と住所をしらべるためにね。おや、もう返事がとどいたのかな？」

玄関のベルが鳴った。入ってきたのは、返電ではなく、当の御者本人だった。いかつい顔に見おぼえがある。

「この番地のだんながあたしのことを問いあわせてきたってんで、きたんですよ。自慢じゃないが、七年間御者をやってきて、苦情が出たことなんざ、一度もないんだ。文句があるんならうかがいましょう！」

ぼくとホームズは顔を見あわせた。

「まあまあ。文句をいうために問いあわせたわけではないんだ。それどころか、こっちの質問に答えてくれたら、半ポンド（約一万二千円）の謝礼を出そう」

「あたしゃ、これまでまっとうにやってきましたよ。で、なにをおききになりたいんで？」

御者は謝礼の話を聞いたとたん、にやりとした。

「まず、名まえと住所を教えてくれないか」

「ジョン・クレートン。バロウ区ターピー通り三です。ウォータールー駅近くのシプリー車庫から出勤してますよ」

ホームズはそれをメモにとった。

「クレートンさん、今朝十時からこの家を見張っていて、それからリージェント街までふたりの紳士を尾行したお客のことをおぼえてるね」

「え、ええ、まあ」

御者は困ったような表情になった。

「でも、それについちゃ口止めをされているんでさあ。じつはあのお客さんは探偵でしてね」

「クレートンさん、これは大きな問題だ。もしかくしだてすると、あなたが困ったことになるかもしれない。その客は自分を探偵だといったのかい」

「はい」

「いつ、そういった？」

「降りるときでさ」

「ほかになにかいったか？」

「自分の名まえを」

ホームズはしめたとばかり、ぼくを見た。

「それはそれは。まぬけなやつだ。なんという名だった？」

「シャーロック・ホームズとかいいました」

ホームズはぽかんと口を開いた。ぼくはがまんできず吹きだした。やがてホームズもいっしょになって笑いだした。

「いや、まいったな、ワトスン。やられたよ。そうか、名まえはシャーロック・ホームズか」

「そうでさ。そういいましたよ」

「わかった。どこで乗せたんだ？」

「九時半くらいにトラファルガー広場でさ。今日一日、だまっていうとおり動いてくれたら二ギニー(四十二シリング＝約五万円)くれるってんです。おいしい話だと思いましたよ。はじめがノーサンバランド・ホテルで、そこから出てきたふたりの紳士が、客待ちの馬車に乗り、それをつけて、このあたりにきたんでさ」

「この家の前じゃなかったか」

「そいつはよくおぼえてないんでさ。でもあのお客さんはなんでも知っているようだったな。ちっとはなれたところに止めさせて、そうさな、一時間半も待ちゃしたかね。それで、そのふたりづれがまた出てきて、それをつけてベーカー街を抜けて――」

「知ってる」

「リージェント街を半分以上もいったときですかね。いきなりお客さんが窓を閉めて、全速力でウォータールー駅へいけってどなるんですよ。馬にむちをくれて、突っ走りましたね。十分とはかかんなかったでしょう。駅に着いたら、約束どおり二ギニーくれて、中へ入っていきました。そのときにふりむいて、いったんでさ。『おれの名はシャーロック・ホームズだ。おぼえておけば、あとでおもしろいことがあるぞ』って」

「なるほど。そのあとは見なかったか」

「駅に入っていったのが最後でさ」

「どんな人相だった？　そのシャーロック・ホームズは」

「どうという特徴はなかったな。背はだんなより二、三インチ低くて、りっぱな身なりをしてましたね。黒いあごひげの先っぽを四角く刈りこんであったな。顔色はあんまりよくなくて、青かった。そんくらいですかね」

「目の色は？」

「おぼえてませんや」

「ほかになにかおぼえていないか。気のついたこととか」

「さっぱりありません」

「いいだろう。約束の半ポンドだ。もしまたなにか思いだしてくれたら、もう半ポンド出そう。じゃ、帰ってくれていいよ」

「ありがとうございやす。じゃ、ごめんくださいよ」

クレートンはにたにた笑いながら帰っていった。ドアが閉まると、ホームズは首をふり苦笑した。

「最後の手がかりもうしなわれた。スタートに逆もどりだ。やつはここの住所も、ヘンリー・バスカビル卿がぼくに依頼したことも知っていて、リージェント街で尾行に気づかれたとわかると、あんなごあいさつをよこした。こちらが御者をしらべると見越していたんだ。なかなか手ごわい相手だよ。きみにはデボン州でうまくやってもらわなきゃ。ちょっと心配になってきたな」

「なにがだい」

「きみのことさ。こいつはやっかいな仕事だ。そのうえ危険でもある。笑うかもしれないが、きみが無事でこのベーカー街にもどってきてくれるよう、祈りたい気分だよ」

6　バスカビル館

土曜日の朝、ホームズはパディントン駅までぼくを見送りにきていった。

「ワトスン、ここできみによぶんなことをいって事件に対する先入観をあたえたくない。きみはただくわしくいろいろな事実をぼくにつたえてくれ」

「どんなことをつたえればいい?」

「事件にすこしでも関係がありそうなことならなんでもいいとも。ヘンリー卿と近所の人たちとのつきあいや、チャールズ卿の死に関することでなにか新しいことがわかったら、かならず知らせてほしい。

この二、三日、ぼくもしらべてはみたが、たいしたことはわからなかった。ただ、つぎの相続人となるジェームズ・デズモンド氏は、じつにりっぱな人柄で、おそらくこんどの事件には関係はないだろう。だから荒野でヘンリー卿の周囲にいる人たちには目を光らせてくれ」

「まずバリモア夫婦に館の仕事をやめてもらう、というのは？」

「そいつはよくない。もし夫婦が無実だったら、こんなひどいことはないし、罪を犯しているのなら、わざわざ逃がすようなものだ。ただじっと見ていることだ。それに館には馬丁もいるし、荒野には農家もある。ほかには、モーティマーも住んでいるが、彼はうたがわなくていいだろう。ただし奥さんについてはなにもわかっちゃいない。それから、博物学者のステープルトンと妹がいる。妹は美人だそうだ。最後にラフター館のフランクランドのことも、まるでわかっていない。たぶんまだほかにも何人かいるだろうから、注意深く観察してくれよ」

「せいいっぱいやってみるさ」

「武器は持ってきたかい」

「ピストルがある。そのほうがいいと思ったんだ」

「そうとも。ピストルは昼も夜も手ばなさないことだ。ゆだんをしないように」

一等車にはすでにモーティマーとヘンリー卿の姿があった。ホームズはふたりにあれからなにか変わったことはなかったかとたずねた。

ふたりはなにも変わったことはなかったといった。外出の際には気を配っていたが、尾行されたようすはないという。

きのうだけは、ふたりは別行動をしたらしい。モーティマーは医科大学の博物館をたずね、ヘンリー卿はひとりで公園を散策したという。それを聞くとホームズは険しい顔になった。

「なにもなかったとはいえ、それは軽率な行為です。これからはどんなことがあっても、ひとりでは出歩かないように。ところで黒い靴は見つかりましたか」

「いいえ、とうとう見つかりませんでした」

列車が動きだした。ホームズは追いかけるようにプラットホームを歩きながら告げた。

「では、お気をつけて——。ヘンリー卿、モーティマーさんが読みあげた、伝説の一節をわすれないでください。『悪霊のはばたく暗き夜には、けっして荒れ地におもむくな。』です。いいですね！」

遠ざかるプラットホームにひとりのこされたホームズの長身は、いつまでもそこを動かなかった。

列車の旅そのものは楽しかった。ぼくはふたりと話しこみ、モーティマーのスパニエル犬ともなかよくなった。

ロンドンをはなれてしばらく走ると、それまで黒茶色だったそとの土の色が赤みがかってきた。れんがづくりの家は少なくなり、いなかふうの花崗岩《かこうがん》の家が多くなる。生け垣をきれいにはりめぐらした牧場では、赤い牛が草を食《は》んでいた。木々の緑が多くなり、草は青々としげっている。窓に目をむけていたヘンリー卿は、見おぼえのあるけしきに、ときおり歓声をあげた。

「ワトスン先生、わたしは故郷を出てからあちこちを歩きました。でもやはり自分のいなかがいちばんいい」

「デボン州の人は、みなさんお国自慢ですね」

「土地がらだけでなく、血筋もあるんです」

　モーティマーがいった。

「ヘンリー卿の頭を見れば、すぐにわかります。ケルト族特有の丸い頭蓋骨《ずがいこつ》をしています。情熱的でこだわりの強い形です。亡くなられたチャールズ卿は、めずらしいタイプで、ゲール族とイベルニア族の特徴が入りまじっていました」

　ぼくは苦笑した。モーティマーは、結婚相手も頭蓋骨の形で選んだのだろうか。

「ところでヘンリー卿が、最後にバスカビル館を出られたのは、子どものころですか」

「バスカビル館を見たことはないんです。父が亡くなったときはまだ十代でしたし、それまでは南海岸のほうに住んでいたのです。そのあとすぐ友人を頼ってアメリカにわたりました。ですからワトスン先生と同じように荒野を見たいと思っています」

「そうですか。その荒野がほら、見えてきましたよ」

　モーティマーはいって、窓のそとを指さした。

四角く区切られた緑の畑やなだらかな森のむこうに、ぎざぎざにとがった灰色の小山がつらなっている。夢の中のけしきのように、ぼんやりとして形がつかめない。

ヘンリー卿はまばたきもせず、その風景に見入った。はじめて目にする先祖伝来の土地に、強く心を動かされているのがつたわってきた。これまで住んでいたアメリカやカナダのどことも似ていない、その場所に、彼は地主として住むことになるのだ。

日に焼け、アメリカなまりのことばをあやつってはいるが、たしかに彼こそがその土地を受けつぐべき貴族の末裔《まつえい》にちがいない、という気がぼくにもしてきた。その茶色の瞳には、誇りと勇気がみなぎっている。

汽車は小さないなかの駅で停車し、ぼくらは降りた。白く塗られた低い柵のむこうに二頭立ての馬車が待っていた。

この小さな駅で、都会からきた三人もの乗客が降りたつのはよほどの事件らしく、駅長みずからがポーターを指揮し、ぼくらの荷物をおろした。

そこは美しく、素朴な村だった。なのに駅を出たとたん、ぼくらは銃を手にした二名の兵士を目にした。彼らもまたするどい視線をこちらにむけてくる。

馬車には、小柄だががっしりとした御者が乗りこんでいた。御者がむちをくれ、馬車は白くかわいたいなか道を走りだした。

道の左右には、青々とした牧草地帯がひろがっている。ときおり視界をさえぎる木々のすきまからは、破風《はふ》づくりの農家が見えた。

その牧草地帯と、のどかな村のはるかむこうに、とがった頂をそびえさせる荒野があった。

馬車はむきを変えた。はるかむかしからのわだちがのこる、曲がりくねった小道に入った。道の両側は、苔やしだ類のしげる、じめじめとした高い土手だった。小道はやがて長い上り坂へと変わり、小さな石橋へとつながっていた。

石橋の先は、細いがはげしい流れのある渓流に沿った山道だった。山道と渓流は寄りそうように、低い樫《かし》と樅《もみ》の木が密生する谷を抜けていた。道が変わるたび、ヘンリー卿はさけび声をたて、矢つぎばやの質問をモーティマーに浴びせた。彼の目には美しい故郷とうつるそのけしきが、ぼくにはなぜか、暗くさびしいものにしか見えなかった。

道は枯れ葉で埋めつくされていた。ぼくらの頭上にもそれはふりかかった。あらたな主を迎えるというのに、自然はなんとももの悲しい贈り物をしてくれる。

「おや、あれはなんだ？」

モーティマーがさけんだ。

行く手の荒れ地の、小山の一つの頂に騎馬の兵士が銃を手にして立っていた。じっと動かないその姿はまるで銅像のようだが、ぼくらがいま走る山道を見つめているのだった。

「パーキンズ、なにがあったのだ？」

モーティマーは御者にたずねた。御者はからだをうしろへねじって答えた。

「プリンスタウン刑務所を脱走した囚人がいるんです。もう三日にもなりますが、影も形もねえんで。街道も駅も見張ってんですがね。地元の農家はみな、困ってますよ」

「そういえば、手がかりを知らせれば五ポンドの賞金が出るとの貼り紙があったな」

「ええ。でもたかが五ポンドぐらいでのどを切り裂かれちゃ、割があいませんよ。脱走したやつは、ただのこそ泥じゃないんで。人を殺すくらい、なんとも思っちゃいないんでさ」

「だれだ、いったい」

「セルデンでさ。ノッティングヒルで人殺しをやらかした」

その事件のことはぼくもおぼえていた。犯罪史上まれな、凶悪、残忍な殺人で、本来なら死刑になるところが、あまりに残虐すぎて、犯行時の精神状態に疑問を抱かれて、減刑となったのだ。

馬車が山道を上りつめると、目の前に大きく荒野がひろがった。あちこちに大きな岩や石塚が点在し、そのすきまに湿った沼地がある。荒野を抜ける冷たい風に、ぼくらは身ぶるいした。この荒れはてた土地のどこかに、憎しみをたぎらせた凶暴な殺人犯がひそんでいるのだ。まるでそれは獣のように、どこかの洞穴にうずくまっているにちがいない。そう思うと、暮れかかる夕空が投げかける光とあいまって、なおさらぶきみな光景だった。いままで陽気だったヘンリー卿までもがだまりこみ、コートのえりを立てた。

背後をふりかえると、夕日が、谷川と牧草地帯を赤く染めていた。前方には赤茶けたむきだしの地面と、貧弱な草木しかない。ときどき見かける農家は、壁も屋根も石を積みあげてつくったみすぼらしいつくりで、蔦《つた》すらそこにはからまっていない。

とつぜん正面に、コップの底のような丸い窪地が出現した。周辺にはえる樹木は、長年の風雨にさらされ、老人の腰のように折れ曲がっている。その木々のすきまから、細長い塔が二つ、そびえているのが見えた。

「バスカビル館です」

御者がむちでさした。

ヘンリー卿は思わず立ちあがり、目を見張った。ふたたび興奮がそのほおを染めている。

二、三分で馬車は館の正面に到着した。幻想的な模様の入った鉄格子の門の両側には、こけむした巨大な石柱が立ち、それぞれのてっぺんにはバスカビル家の紋章である、いのししの首が彫られていた。門のかたわらに建つ門番小屋は無人で、黒い花崗岩とむきだしの柱がのこっているだけだった。だがそのむかいには、建てかけのあらたな門番小屋があり、チャールズ卿がバスカビル家の再建の一歩として着手していたことがわかった。

門をくぐると並木道がのびていた。何重にも降り積もった落ち葉のため、馬車の車輪の音が消えた。頭上に張り出した木の枝で、道はまるでトンネルのようだった。

長々とつづくそのトンネルの先におぼろげに館が見えた。

「ここだったのですか」

ヘンリー卿は低い声でたずねた。

「いいえ、いちいの並木道はむこうです」

モーティマーが答えると、ヘンリー卿はあたりを見まわした。

「こんなところで暮らしていれば、悪い予感がしてきてもむりはない。半年以内に電灯をずらりとつけてやろう。玄関の前にはとくに明るい電灯をつけます。そうなれば雰囲気も変わるでしょう」

並木道を抜けると、ひろびろとした芝生があり、そして館がそびえていた。真ん中に大きな建物があり、そこからポーチが張り出している。蔦のからまった建物は、窓や紋章のところだけが、黒く見えた。銃眼や小窓のたくさんある古風な塔が二本、ふたごのように立っていた。頑丈なたてわく入りの窓から明かりがもれる、黒花崗岩のいくらか近代的な建物が左右に張り出し、屋根から突き出た煙突からうすい煙がたちのぼっていた。

「バスカビル館へようこそ、ヘンリーさま」

ポーチの暗がりから背の高い男が進み出て、馬車の扉を開いた。つづいて影のように女が現れると、男をてつだって荷物をおろした。

「ヘンリー卿、わたしはこのまま家に帰らせていただきます。妻が待っておりますので」

馬車にのこったモーティマーがいった。

「食事でもいかがです」

「いえ。仕事もたまっているでしょうし、ここで失礼します。館の案内は執事のバリモアにまかせます。もしなにかあれば、夜中でもかまいませんので、使いをよこしてください」

　馬車のひびきが遠ざかり、ヘンリー卿とぼくは館の中に足を踏み入れた。背後で重々しい音をたて、扉が閉まった。天井の高い大広間で、古風だが大きな暖炉があり、あかあかと火が燃えている。冷えきっていたぼくらは手をかざし、あたりを見まわした。古いステンドグラスをはめこんだ高い窓、樫の木の羽目板、壁から突き出た大きな牡鹿の首、塗りこめられた紋章などが、中央につるされたランプの明かりで目に入ってきた。

「想像していたとおりです。絵に描いたような旧家のつくりだ。この家の中で、わたしの祖先が五百年以上も暮らしてきたんです。感動しますね」

　感激したようにいうヘンリー卿の影は、細長くのび、壁から天井にまで達している。

　それぞれの部屋に荷物を運びこんだバリモアがもどってきた。有能な執事らしく、礼儀正しい態度で立っている。黒いあごひげを四角く刈りこみ、青白い顔をしていた。

「すぐに夕食にされますか」

「用意はできているのかい」

「すぐにお出しできます。お部屋には湯を運ばせておきました。わたしどもは、だんなさまが館にお慣れになるまで、よろこんでおせわいたします。これからは、使用人の数もおふやしになられるでしょうし」

「なぜそう思うんだ」

「先代さまはひっそりとお暮らしになっていましたが、まだお若いヘンリーさまはご交際も広くおなりでしょう。そうなりますと、わたしども夫婦ふたりだけでは用が足りません」

「するとあなたたち夫婦はひまをとりたい、というのかね」

「はい。だんなさまのごつごうのよろしいときがまいりましたら」

「だがあなたたちは代々、この家で働いてくれてきたのだろう。わたしとしても、そんな長くつとめてくれた人たちにやめてもらおうとは思わない」

執事の青白い顔にふと感情がうかんだ。

「ありがとうございます。じつのところを申せば、わたしどもも長くここにおいていただきたいと考えておりました。ですがチャールズさまがあのようなことになられて、たいへんつらい思いをいたしました。そのつらさは、この館にお仕えするかぎり消えなかろうと、夫婦で話しております」

「それでここをやめて、どうしようというのだ?」

「なにか、商売でもはじめられたら、と思っております。さいわいにチャールズさまがもとでとなるお金もお遺しくださいましたし……。あ、さあ、このようなお話より、お部屋にご案内いたします」

古風な広間の上に、四方に手すりのついたバルコニーがあり、階段でつながっていた。階段の頂上は左右に廊下がのびており、寝室のドアがならんでいる。

ぼくの部屋はヘンリー卿と同じ側でとなりあわせだった。部屋に入ってみると、多くのろうそくがともされ、壁紙の色が明るいこともあって、建物に入ったときほど、暗く古めかしい雰囲気はなかった。だが食事のためにおりていった食堂は、また陰気な場所だった。広間に面しているのだが、中央に段差があり、上段に館の主たちが、下段に使用人たちがすわる形になっている。さらに部屋のすみには楽士たちのための席もある。黒い梁《はり》が何本も頭上を走り、天井はすすで黒ずんでいる。

かつては赤々と燃えるたいまつをならべ、陽気で粗野な宴会がここでもよおされたのだろうが、たったふたりで、一つしかともっていないランプの光のもとにすわってみると、気分がひどくめいってくる。話し声もつい、低くなりがちだった。しかも壁からは、エリザベス王朝時代にはじまる、何代ものこの館の当主たちの肖像画が見おろしているのだ。

ぼそぼそと話しながら食事を終え、すこしは近代的な雰囲気のする玉突き部屋にうつると、ぼくらはほっとしてたばこをくわえた。

「どうも気持ちのいいところじゃありませんね。慣れるまで時間がかかりそうだ。こんな家にひとりで住んでいたら、だれだって神経がおかしくなりますよ。今日はとにかく早く寝てしまいましょう。明日になればすこしは気分が変わるかもしれない」

ヘンリー卿がいい、ぼくらは早めに部屋にもどることにした。

部屋に入るとぼくはカーテンを開け、そとをのぞいた。窓は館の前庭に面していた。二つある大きな植えこみの木が、張り出した枝を風にゆらしている。速いいきおいで雲が流れ、顔をのぞかせた月の冷たい光が、かなたにひろがる荒涼とした荒野を照らしだしていた。

とりあえず、今日はこれで終わりだ。ぼくはカーテンを閉め、ベッドに入った。

疲れているのになかなかねむくならない。何度も寝返りをうっていると、館のどこかで十五分おきに時を打つ時計の音が気になりだした。それ以外は、ほんとうに静寂につつまれた建物なのだ。

だが死んだようなその静けさを破り、はっきりと聞こえてきたものがあった。ぼくは思わず、からだを起こした。それは女のすすり泣きだった。こらえようとして、しかしこらえきれずにたてる嗚咽《おえつ》の声だった。まちがいなく、この館の中から聞こえた。

ぼくは耳をすませた。しかしとつぜんにその泣き声はやみ、そのあと三十分も耳をすませていても、あとは風にそよぐ蔦の葉ずれの音と時計の時を打つ音しか聞こえてこなかった。

7　ステープルトン兄妹

　さわやかな朝がきた。バスカビル館から受けた陰鬱な印象もたしかに変わった。朝食の食堂にも朝の光がさしこみ、窓ガラスの紋章を色つきの影にして落とした。黒い羽目板も光を浴びると金色にかがやいた。昨夜と同じ食堂とはとうてい思えない。

「どうやら、こちらの神経のほうがめいっていたようですね。悪いのはこの館じゃなかったんだ。長旅で疲れ、冷えきっていたのがよくなかったのかな」

　ヘンリー卿がいった。

「いや。夜中には女の人の泣き声が聞こえました。暗いのは気のせいばかりだったとは思えません」

　ぼくがいうと、ヘンリー卿は首をかしげた。

「そうか、あれは夢じゃなかったのか。うとうとしているときに、それらしい声を聞いたとは思ったのだけど」

「夢なんかじゃありません。ぼくははっきり聞きました」

「よし、すぐたしかめてみよう」

ベルを鳴らして、ヘンリー卿はバリモアを呼び、心あたりはないかとたずねた。バリモアは首をふった。ただでさえ血色の悪い顔がさらに青ざめている。

「こちらには女はふたりしかおりません。ひとりは下働きの者で、べつの棟でやすんでおります。ほかにはわたしの家内しかおりませんが、そのようなことはございませんでした」

だがそのことばはうそだった。なぜなら食事のあと、長い廊下でぼくはバリモアの妻に会ったのだ。大柄で無表情な女だったが、その目もとは真っ赤に腫れていた。

まちがいなく、ゆうべ泣いていたのは彼女にちがいない。なのになぜバリモアはそんなうそをついたのだろう。また、なにをそんなに泣くことがあったのだろうか。

バリモアはあやしい、とぼくは思った。チャールズ卿の死体を最初に発見したのもこの男だし、その死の直前の状況は、この男の口からしか語られていない。

やはりリージェント街で馬車に乗っていたのはこの男ではなかったのか。御者の話ではもうすこし背が低かったようだが、見まちがいということもある。

ぼくはグリンペンの郵便局をたずねることにした。そうすれば、ホームズが打った電報がたしかにバリモアに手わたされたかどうかたしかめることができる。結果はまたホームズに報告すればいい。

朝食のあと、ヘンリー卿には、さまざまな書類に目を通す仕事があった。ぼくは気がねなく外出し、荒野に沿った四マイルほどの道のりを散歩がてら郵便局にむかった。グリンペンは小さな村で、大きな建物は宿屋とモーティマーの家しかない。郵便局は食料品店もかねていた。郵便局長をかねるその店の主人は、電報のことをよくおぼえていた。

「あの電報はまちがいなく、バリモアさんにとどけました」

「配達したのは？」

「うちの子です。ジェームズ、先週の電報だけど、バスカビル館のバリモアさんにとどけたな？」

「うん。とどけたよ」

「じかにわたしたかい？」

ぼくはたずねた。

「バリモアさんは屋根裏部屋にいたから、奥さんにわたしました。でもすぐにわたしとくって……」

「バリモアさんを見た？」

「いいえ。屋根裏部屋にいるっていうから」

「見てなけりゃ、屋根裏部屋にいるかどうかわからなかったのじゃないかい？」

「でも、かみさんがいったのだからまちがいないでしょう。まさか電報が着かなかったとでもいうんですか」

父親がむっとしていった。

むだだった。ホームズの計略はからぶりで、バリモアがロンドンにいなかったという証拠は得られなかったのだ。

もしバリモアがロンドンにいたのなら、チャールズ卿が生きているときに最後に見た人物とその相続人をつけまわした男とが、同一人物ということになる。

とするとなぜなのだ。だれかにたのまれたのか。それともみずからの意思か。

さらにあの奇妙な警告の手紙。それもバリモアのしわざなのか。それとも、バリモアの計画をさまたげようとするべつの人間のしわざか。

もしなにもかもがバリモアのしわざということになるなら、考えられる動機は一つしかない。ヘンリー・バスカビルがいったように、バスカビル家の人間を館に近づけず、自分たちだけでのんびり暮らしていこうというのだ。

だが、そんなことのために、これほど複雑で謎めいた事件を起こすものだろうか。ホームズもこの事件は奥が深い、といっていた。灰色のさびしい道をもどりながら、ぼくは早くホームズの手があくことを願った。この責任をひとりで背負うのは重すぎる。

そのとき背後から声をかけられ、ぼくは足を止めた。てっきりモーティマーと思い、ふりかえると見知らぬ人物が走ってくる。あごの細い、神経質そうな男で、ひげがなく金色の髪をしている。灰色の服に麦わら帽をかぶり、肩から植物採集用の胴乱《どうらん》をさげ、手に緑色をした捕虫網を持っていた。

「失礼ですがワトスン先生ですね」

息をはずませながら男はいった。

「この荒野のあたりでは、堅苦しいつきあいをしないので、いきなり声をかけてしまいました。わたしの名はモーティマーさんからお聞きおよびだと思いますが、ステープルトンと申します。メリピット荘におります」

「捕虫網と胴乱からそうじゃないかと思いました。でもどうしてぼくが？」

「さっきまでモーティマーさんのお宅にいて、診察室の窓からちょうど歩いているあなたが見えたので、教えてもらったんです。ぼくの家も同じ方向なんで、追っかけていってごあいさつしようと思って。ヘンリー卿はお元気ですか」

「ええ。お元気ですよ」

「チャールズ卿があんなことになったので、新しい准男爵はこちらに住むのをいやがられるのではないかと、地元の人間は心配していたんです。お金持ちは、むりにこんないなかに住む必要がありませんからね。ヘンリー卿は迷信を気にしていないのですか」

「そうですね」

「でもバスカビル家の魔犬の伝説はごぞんじなのでしょう」

「その話ならぼくも聞いています」

「まったくこのあたりの連中ときたら、ほんとうに迷信深くて。だれもがみな、荒野でそんな生きものを見たっていうんですよ。チャールズ卿も伝説のことがひどく気になっていたらしくて、そのせいであんなことになられたんでしょう」

ステープルトンは笑顔だったが、目は真剣だった。

「というと?」

「神経がまいってましたからね、ただの犬を見ただけでも心臓麻痺を起こしかねなかったんです。あの夜、いちいの並木道で、ほんとうに犬かなにかを見たのじゃないのかな。ぼくもチャールズ卿には親しくしていただいていたので、なにかないといいがと心配していたんです」

「心臓のことをごぞんじだったのですか」

「モーティマーさんから聞きました」

「じゃあチャールズ卿は犬に追いかけられて、その恐怖で亡くなったと?」

「ほかに考えようがないでしょう。あなたは?」

ぼくは肩をすくめた。

「まだなんとも……」

「シャーロック・ホームズさんはどうですか？」

ぼくはどきっとしてステープルトンを見つめた。

「ぼくらがなにも知らないと思われたのじゃないでしょうね、ワトスン先生。あなたの書かれている事件簿は、このあたりでも読まれているのです。さっきモーティマーさんから、あなたのお名まえをうかがい、ぴんときました。そのあなたがここへいらっしゃる以上、ホームズさんもこのことに興味をもっていらっしゃるにちがいありません。だからうかがったんです」

「彼がどう考えているかは、ぼくにはわかりません」

「ホームズさんもこちらへ見えるんですか」

「彼はいま、ほかの仕事があって、ロンドンをはなれられません」

「それは残念だな。あの人がいれば、なにかわかったにちがいないのに。でも、ぼくにできることがあったらなんでもいってください。あやしいことがあったり、しらべたいということがあれば、なんでもお役にたちますよ！」

「ぼくはいまのところ、友人としてヘンリー卿のところにいるだけなんです。ですから――」

「さすがだなあ、やっぱり用心深いんですね。すみません、出しゃばっちゃって。もう事件のことはいいません」

ぼくたちはわかれ道に出た。草のしげった小道が荒野のほうへのびている。右側は大きな岩がごろごろところがる、かつての石切り場だった。手前にはしだやいばらがびっしりとはえたがけがあり、そのむこうから灰色の煙がうすくひとすじ立ちのぼっていた。

「この小道の先が、ぼくらの住んでいるメリピット荘です。ほんの一時間ほど寄っていただいて、妹を紹介させてください」

早く帰って、ヘンリー卿のそばにいなくてはならないのではないか、とぼくは思った。だが彼の前には大量の書類の山があったし、それについてはぼくはなんの役にもたてない。しかもホームズは、荒野の住人たちのことをしらべるようにいっていた。ぼくはステープルトンの誘いを受けることにした。

「荒野というところは、じつにふしぎです」

歩きながらあたりに目をむけ、ステープルトンはいった。一面の草原の中から、ところどころまるで海面から顔を出す岩礁のように花崗岩《かこうがん》の小山が突き出ている。

「不毛でいて、神秘的。自然の秘密をかくしもっている。いつまで観察していても、飽きませんね」

「このあたりにくわしいのですか」

「ぼくはまだ二年です。だから土地の人間からすればよそ者ですよ。チャールズ卿がおこしになったすぐあとにうつってきたんです。でも趣味のために、このあたりをくまなく歩きまわっているので、いまはだれにも負けないくらいくわしくなりました」

「わかりにくい土地ですか」

「ええ、とてもね。たとえば、あの北のほうに、小山が突き出ている草原がありますよね。どんなふうに見えますか」

「馬で走ったら楽しいでしょうな」

「そう思うでしょうね。でも同じことを考えた人がこれまでに何人も命を落としています。あちこちにあざやかな緑色のところがあるでしょう？」

「土地が肥えているのかな」

ステープルトンは笑いだした。

「あれがグリンペンの底なし沼です。あそこに踏みこんだら、人も獣も助かりません。きのうも子馬がまよいこみましたが、二度と出てきませんでした。しばらくは首だけを泥の中からのばしていたんですが、けっきょくのみこまれてしまって。雨の少ない季節でも歩くのは危険なのに、いまのような秋雨の季節は、とてもおそろしいところです。でもぼくは、だいじょうぶです。真ん中までいってもどってこられる道を見つけました。おや？　ほら、また子馬がのみこまれている！」

なにか茶色い生きものが緑色のすげ草の中でもがいていた。長い首をのばし、必死になって逃れようとしている。耳をふさぎたくなるような、かんだかい悲鳴が荒野にひびきわたった。ぞっとしたが、ステープルトンは平然としている。

「見えなくなった……。二日で二頭か。もっといるのかな。乾期に走りなれているんで、雨期になっても入ってしまうんでしょうね。まったく地獄のような底なし沼だ」

「でもあなたならわたれる？」

「身軽な人なら通れる道が一つ二つあるのを見つけました」

「でもどうしてそんな危険な場所にいったのですか？」

「あの小山です。あの周辺は底なし沼でかこまれていて、長い年月のうちに絶海の孤島のようになっているんです。ところがそこには、ひじょうにめずらしい植物や蝶がいるんです」

「それはおもしろそうだな。ぼくもいってみようかな」

彼は驚いたように首をふった。

「とんでもない！　そんなむちゃなことを考えちゃいけません！　万一のことがあったら、お話ししたぼくの責任です。あそこはぼくでさえわかりにくい目じるしを頼りに、行き来しているんですよ」

そのとき、長く、低い、なんともいえない悲しげなうめき声がひびきわたった。どこからともなく聞こえてきたそのうめき声は、だんだん力強く、あたりをふるわせるほどになって、ふたたび低くしずみこむように消えていった。

「なんだ!?　いまのは」

ぼくはさけんだ。

「荒野はまったくふしぎなところだ」

ステープルトンは妙な目つきでぼくを見やった。

「でも、あれはなんなのです？」

「このあたりの農家の人間は、バスカビル家の魔犬が、えじきをもとめる声だといっています。ぼくも何度か聞いたことがあるが、これほど近いのははじめてだ」

ぼくは思わずあたりを見まわした。目に入ってくるのは、そこここでしげっているいぐさ、青々としたはてしない草原。大がらすが二羽、うしろの岩山で不吉な鳴き声をたてている。

「あなたは知識もあるし、教育も受けている。そんな迷信は信じないでしょう。ほんとうはなんだと思います？」

ぼくはいった。

「沼地というのはいろいろな音をたてることがあります。泥がしずんだり、水を噴きあげたりするときに」

「でもあれは、どう考えても生きものの声だ」

「そうかもしれません。さんかのごいという鳥の鳴き声を聞いたことがありませんか」

「いいえ」

「めずらしい鳥で、イギリスではほとんど絶滅したといわれています。でもこの荒野だったら、もしかすると生きのこりがいるかもしれません」

「あんな気味の悪い声で鳴くのですか」

「さて、どうかな。ところで、あの小山の中腹が見えますか」

小山の急な斜面のあちこちに、灰色の石を輪のように積んだものがあった。ざっと数えて二十はある。

「ひつじの囲いですか」

「いいえ。あれはわれらが祖先の住居です。先史時代は、こんな荒野でも、かなりの人間が住んでいたんです。その後、彼らはいなくなり、ささやかな遺跡だけがのこった。あれは屋根のなくなった小屋のあとです。中に入ると、当時の、石で作ったベッドや炉がのこっています」

「かなりの数がありますね。いつごろのものですか」

「新石器時代でしょう。年代はわかりません」

「どんな暮らしをしていたのかな」

「丘の斜面で牧畜をしていたのだと思います。錫《すず》の採掘をするようになり、石器から青銅へと道具が進化した。反対側の丘にある大きな堀がその採掘あとです。ここいらにはめずらしいものがたくさんあります。あ、ワトスン先生、ちょっと失礼します。あれはシクロピデスだ」

小さな蝶か蛾が目の前をよこぎると、ステープルトンは駆けだした。虫はまっすぐ底なし沼のほうへ飛んでいく。ステープルトンはそれを追って捕虫網をひらめかせながら草むらへ走りこんでいった。やがて右へ左へと走りまわるその灰色の姿そのものが、一匹の蛾のように見えてきた。

ぼくはとりのこされたまま、底なし沼にはまりこまなければいいがと見送っていた。足音が聞こえ、ふりかえった。ひとりの女性が小道をやってくるところだった。煙が立ちのぼるメリピット荘の方角からきたのだろうが、手前が窪地になっているので気がつかなかったのだ。

ステープルトンの妹だと、すぐにわかった。近づいてくるのは、ひじょうな美人だった。その美しさにはふしぎな雰囲気がある。ステープルトンとはまったく似ていない。

ステープルトンは金髪に灰色の目をもち、肌が白いのにくらべ、彼女はイギリスでこれまでに見たどんな女性よりも肌が浅黒く、目も髪も黒かった。背が高く、優美である。上品なその顔だちは、ととのいすぎて冷たく見えるほどだった。だが肉感的なくちびるや情熱的な黒い目がそれをやわらげていた。荒野の小道に、上品な衣服を着た美しい女性がとつぜん出現し、ぼくはまぼろしを見ているような気分になった。

帽子をとり、あいさつをしようとしたときだった。

「お帰りになって！　いますぐロンドンにお帰りになってください」

魅力的なくちびるから想像もしていなかったことばがとびだした。ぼくはあっけにとられ、その顔を見つめた。

「なぜ、そんなことをおっしゃるんです？」

彼女はじっとぼくを見つめ、もどかしそうに足で地面を蹴った。

「わけはいえません。でもお願いですから、わたしのいうことを聞いてください。ロンドンにお帰りになって。ここへはこないでください」

低く、熱のこもった口調だったが、妙に舌のもつれるところがある。

「でも、ぼくはきたばかりです」

「あなたのためなんです。おわかりになりませんの？　どうぞロンドンにお帰りになって！今晩発ってください。どんなことがあっても、この土地をはなれなければだめです。あっ、兄がこちらにきます。いまの話は、兄にはおっしゃらないでください。――あら、あそこのすぎなものなかに蘭がありますわ。とっていただけます？　このあたりは蘭の多いところですけど、見ごろには、すこし季節がおそかったかもしれません」

ステープルトンがもどってきた。走ったせいで息を切らせ、顔を赤くしている。

「やあ、ベリル！」

ステープルトンは声をかけたが、妹の出現をよろこんでいるようには見えなかった。

「ジャック、ずいぶん暑そうね」

「ああ、シクロピデスを追っかけてたんだ。めずらしいし、こんなおそい時期に出てくるのもめったにないからね。残念ながら逃げられたけど」

なにげなく話しながら、灰色の目は、ぼくと妹を見くらべている。

「ごあいさつはすんだのかい?」

「ええ。荒野のいちばんきれいな季節はもう過ぎてしまったと、ヘンリー卿にお話ししたわ」

「え?　この方をだれだと思っているんだ」

「ヘンリー・バスカビル卿でしょう?」

「とんでもない。ぼくは准男爵なんかじゃありません。ヘンリー卿の友人で医師のワトスンといいます」

ベリルの顔がさっと赤らんだ。

「わたし、まちがえておりました!　そうと知らずにお話をしていて――」

「だって、そんな長く話す時間はなかったろう?」

兄は妹をうたがうようにいった。

「わたし、ワトスン先生が、お客さまじゃなくて、ずっとお住まいになるのだと思って、話していたの。蘭の季節のお話なんて、あまり関係ありませんでしたね。でもせっかくですから、わたしどものメリピット荘においでいただけませんか」

メリピット荘は、荒野のなかにぽつりと建つ一軒家だった。かつては牧畜家の住居だったものを近代的な住宅に建てなおしたのだ。周囲には果樹園があったが、あたりのほかの木と同じく、低く折れ曲がっている。

しなびた印象のみすぼらしいなりをした召し使いがぼくたちを迎えたが、それはその家の印象にふさわしかった。だが家の内部に入ると、それぞれの部屋は広く、上品な家具が置かれていた。たぶんベリルの趣味なのだろう。

岩山が点在する荒野がはるか遠くまでつづくけしきを窓からながめていると、これほど美しい女性と教養のある兄が、なぜ住みついたのか、ふしぎに思えてきた。

「妙なところに住んだものです」

ぼくの心を読んだようにステープルトンがいった。

「でもけっこう楽しくやっていますよ。ねえ、ベリル？」

「ええ、とても」

彼女はいったが、真実のひびきはなかった。

「ぼくは北部のほうで学校経営をしていたんです。ですが退屈で性に合いませんでした。若い人たちといっしょに暮らし、成長する姿を見たり、自分の理想をつたえるのは、貴重な経験でしたがね。

ところが不幸なことに校内で伝染病が発生し、生徒が三人亡くなったんです。ひどいショックを受けて……つぎこんでいた資産もなくしてしまいました。とはいえ、学生たちと暮らせなくなったことをのぞけば、ここへきたのは幸運だったと思っています。植物学と動物学を愛する身には、この土地は興味がつきません。妹もぼくにおとらず、自然の研究にひかれているんです。ワトスン先生も窓からそとをごらんになって、そう思われていたのじゃありませんか」

「ぼくが考えていたのは、住むにはすこしさびしすぎるな、ということです。あなたはともかく、妹さんにとっては――」

「とんでもない。すこしもさびしくありません」

ベリルがいそいでいった。

「ここには本がたくさんありますし、研究対象も豊富です。それに近所には楽しい方々がいらっしゃいます。モーティマーさんは、すばらしい知識をおもちだし、チャールズ卿からはとても楽しいお話をうかがいました。ですから亡くなられて、とてもさびしく思っていますす。今日の午後でも、ヘンリー卿をおたずねしてごあいさつをしたいと思っているのですが、ご迷惑でしょうか」

「きっとよろこばれるでしょう」

「ではお帰りになったら、ぜひヘンリー卿におつたえください。新しい生活になじまれるまで、わたしどもでお力になれることがあれば、なんなりとおっしゃってください、と」

「つたえます」

ベリルはぼくを誘った。

「二階へいらっしゃいません？　ワトスン先生にわたしが集めた鱗翅類《りんしるい》のコレクションを見ていただきたいんです。南部地方でこれだけそろった標本はないと思いますわ。ごらんになっているあいだに昼食の用意をいたします」

しかしぼくは一刻も早く帰って、ヘンリー卿のそばについていたかった。陰鬱な荒野、底なし沼にのみこまれた子馬、そしてなにより、あのおそろしげな、伝説とむすびついた声。ぼくは暗い気持ちになっていた。それにくわえて、さっきのベリルの切迫した警告が気になる。

ぼくは引きとめる兄妹をふりきり、メリピット荘をあとにした。

ところが草深い小道には、地元の者しか知らない近道があったにちがいない。本道とのわかれ道の手前に、なんと別れてきたばかりのベリルが岩に腰かけ、待っていたからだ。よほどいそいできたのだろう。美しい顔は赤らみ、わき腹を押さえている。

「先まわりしようと思って、帽子もかぶらず、走ってきました。先生におわびしなければならないと思って。兄にはないしょです。どうかさきほどの話はおわすれになって。ワトスン先生とはかかわりのないことですから」

「それはむりですよ。ヘンリー卿はぼくの友人です。彼の身に関係があることに知らん顔はできません。なぜそんなに彼をロンドンに帰したいのか、わけを話してください」

「ただの、女の気まぐれです。ときどき自分でもわからないことをいったりするんです」

「いいえ、それは信じられない。あのときのあなたは本気だった。ベリルさん、はっきりいってください。ぼくもこちらにきてからずっと、なにか得体の知れない影につきまとわれているような気がするのです。あのグリンペンの底なし沼のように、あちこちに底なし沼があって、一歩足を踏みはずせば、そこにのみこまれてしまうかもしれないのに、道しるべがない。そんな心境なんです。だからあれにどんな意味があったのか、教えてください。そのことはかならず、ヘンリー卿につたえます」

ためらいの色が彼女の顔にうかんだ。だがつぎの瞬間には決心した表情になった。

「それはワトスン先生の思いすごしです。兄もわたしも、チャールズ卿が亡くなられて、それはひどいショックを受けたんです。あの方は、荒野をお散歩の折は、かならずうちにお寄りくださってましたから。そして家の呪いのことをひどく気にかけておられたので、あとつぎの方がお住まいになるのが決まったと知ったときは、とても心配になってしまったのです」

「なにが心配なのです」

「魔犬の伝説はごぞんじでしょう？」

「わたしは信じています。ヘンリー卿が先生の忠告を受け入れられるのでしたら、たたりのある、あんなお館は、早くお捨てになるようおっしゃってください。この広い世界で、なにもあんなあぶないところに住むことはありません」

「危険があるといわれればいわれるほど、ヘンリー卿は住む気を変えないでしょう。そういう人です。迷信ではなく、はっきりとした理由をおっしゃってください」

「理由は、ただそれだけです」

「ベリルさん、では一つうかがいます。最初にそのことをおっしゃったとき、なぜお兄さんにだまっていてくれといったのです？　そんなことならお兄さんに知られてもかまわないでしょう」

「兄は、地元の人たちのためにも、バスカビル館にあとつぎが入られるのを願っていたんです。もしわたしがヘンリー卿にここからはなれるようにすすめたと知ったら、きっとひどく腹をたてます。さあ、もう申しあげることはありません。もどらないと、先生に会ったと、兄が気づくかもしれませんから――」

彼女はくるりと身をひるがえした。そしてあっというまに岩かげにその姿を消した。

あとにのこされたぼくは、なんともいえない不安を抱きながら、バスカビル館への道を歩きだした。

8　ワトスンの報告書　その一

ここから先は、いま、ぼくの机の上にある、シャーロック・ホームズあてに送った手紙を写して、その後の事件のあらましを語ろう。手紙は一枚だけなぜか紛失しているが、あとはそっくりのこっている。もちろん手紙などなくても、あんな悲劇をわすれようはないのだが。

《十月十三日　バスカビル館にて

親愛なるホームズ

これまでの手紙や電報で、この神に見捨てられた土地のようすはわかってもらえただろう。長くいればいるほど、はてしなく広く、謎を秘めた荒野の霊が、人の心を侵してくる。

一度でも荒野に足を踏み入れれば、近代イギリスはあとかたもなく姿を消し、そこらじゅうにある先史時代の人類の遺跡に心をうばわれる。

歩きまわって目につくものといえば、わすれられた人々の住居、墓、なにかの儀式に使われたであろう巨大な一枚岩ばかりだ。大きな傷あとのような堀のある小山にのこる、岩の小屋をながめれば、そこはもう古代の世界だ。毛皮をまとった毛むくじゃらの男が現れ、火打ち石の矢じりのついた矢を弓につがえても、むしろその姿のほうが、ぼくらよりこの地にはふさわしい。

ふしぎなのは、なぜこんな不毛の土地に、あれだけ多くの人類が住みついていたかということだ。ぼくの素人考えでは、たぶん彼らはあらそいを好まぬ種族で、他の部族とのあらそいをさけるため、こんな場所に住みついたのではないだろうか。

もっともこんな話は、きみには興味がないかもしれない。ぼくの使命とも関係がない。あのジェファーソン・ホープ事件のとき、「太陽が地球の周囲をまわっていようと、地球が太陽の周囲をまわっていようと、そんな問題にはなんの興味もないし、事件の解決には関係ない」と、きみがいったことを、ぼくはまだおぼえている。

では、話をヘンリー・バスカビル卿に関係することにもどそう。

この二、三日、報告を送らなかったのは、とりたててつたえるほどのことがなかったからなのだが、今日、じつに驚くべきことが起こった。だがそれについて記すまえに、あらかじめ知っておいてほしいことがある。

まず一つめは、荒野に逃げこんだといわれていた脱獄囚のことだ。脱獄してから二週間たつというのに姿を見せないことから、地元の人たちは、よその土地に逃げたのではないかと考えはじめている。

というのも、荒野は、身をかくす場所こそ不自由しないが（岩小屋ならもってこいだ）、食物となると、荒野に放されているひつじでもつかまえないかぎり、手に入れようがない。そんなわけで、脱獄囚は高飛びしたと考えるほかなく、ほっとしているというわけだ。

この館には大の男が四人いるから心配はないが、ステープルトン一家のことを考えると不安になる。いざというときに助けを呼ぼうにも、周囲の家からは何マイルもはなれているのだ。兄妹のほかには、メイドと老人の使用人がいるだけだし、兄のほうもおせじにもたくましいとはいえない。もし脱走犯にでも押し入られた日には、手も足も出せないだろう。ヘンリー卿とぼくは心配して、馬丁のパーキンズを泊まりにいかせようといったのだが、ステープルトンはかたくことわってきた。

じつをいうと、ぼくらの若き友人であるヘンリー卿は、美しき隣人にかなりひかれている。たしかにこの土地は退屈だし、まして相手はあれほどの美人だ、むりもない。ベリル・ステープルトンには、どこか南国的で外国人ふうの魅力がある。

もっとも兄のほうも表面上は冷静にふるまいながらも、この妹のことを、ひどく気にしているようだ。妹もそれがわかっていて、話しているときは、いつも兄の顔色をうかがっている。

兄が妹にやさしくしているのはたしかだろう。だが彼の目の中には冷たい光があり、うすいくちびるはかたく引きむすばれている。どこか非情な気配があるのだ。きみにはおそらく、おもしろい研究材料だろう。

会ったその日、ステープルトンはバスカビル館をたずねてきた。そして翌日には、あの残酷なヒューゴー伝説の発祥の地といわれる場所へと案内してくれた。荒野を数マイルも入った、じつに気味の悪いところだ。

ごつごつとした岩山と岩山のあいだに小さな谷があり、その先にわたの木が白く花をつける小さな草地がひろがっている。その草地のなかほどに、まるで巨大な怪物の牙のような、先のとがった岩が二本突き出ているのだ。

まさに伝説の舞台にはふさわしいだろう。

ヘンリー卿は気になったらしく、この世に超自然現象があると思うかと何度もステープルトンにたずねていた。一見さりげない口ぶりだったが、どうやら本気のようだ。ステープルトンは即答をさけ、例として、悪魔にとりつかれた家族の話などをしていたが、彼もまたこの事件については、地元の人が信じているような迷信を、いくらか信じているようにぼくには思えた。

帰り道、ぼくたちはメリピット荘で昼食をごちそうになった。そこでヘンリー卿は、ミス・ステープルトンと出会ったのだ。はじめて会った瞬間に彼が強くひきつけられたことがわかった。しかもミス・ステープルトンも同じような気持ちを感じたと、ぼくは思っている。

館への帰り道、彼は、ミス・ステープルトンの話ばかりをしていた。そしてその日から、毎日のように兄妹と行き来するようになった。今夜は兄妹を館にまねいて夕食をともにし、来週はこちらから出むくことになっている。ふたりはお似合いなのだから、ステープルトンもよろこびそうなものなのに、なぜかヘンリー卿が彼女に親しげにすると、彼は不快そうな表情をするのだ。おそらく妹をひどく気に入っていて、できるならふたりで暮らしていきたいと考えているのだろう。妹が結婚すればひとりぼっちになってしまうので、それをさけたいのだ。

ヘンリー卿と妹の仲が恋愛にまで進むことを、ステープルトンはけっして望んでいないと、ぼくは断言できる。彼は、ヘンリー卿とベリルがふたりきりで話そうとするのを、何度もじゃましようとした。

というわけで、ヘンリー卿をけっしてひとりで外出させるなという、きみの指示を守るのは、このごろひどくむずかしくなってきている。

先日——木曜日だが——モーティマーがやってきて昼食をともにした。発掘中のロングダウン古墳から、先史時代の人類の頭蓋骨《ずがいこつ》を発見したとかで、大よろこびだった。あれだけ一つのことに夢中になれる人間もめずらしいだろう。

そのあとステープルトン兄妹がたずねてきて、モーティマーは、ヘンリー卿のたっての願いで、全員をいちいの並木道へと案内し、あの晩のことを細かく話してくれた。

そこは長くてさびしい散歩道だった。両側に刈りこまれたいちいの生け垣があり、その下は芝生がせまくはえている。散歩道のつきあたりは、こわれかけたあずまやで、なかほどに荒野に出る門がある。亡くなった老人が葉巻の灰を落とした場所だ。

門は白木づくりで、かけ金の錠がついている。

ぼくはきみのまねをして、その夜起こったことを推理してみようとした。

老人がその場に立っている。なにかが荒野を駆け、近づいてくる。ひどくおそろしい姿をしたなにかだ。彼は夢中になって逃げだし、走って走って、ついに力つきて命を落とす。長く暗い、生け垣のトンネルを走って逃げたのだ。

それはいったいなんなのだろう。ただのひつじの番犬か。それとも、吠えもせずせまる黒い魔犬か。あるいはだれか人間のしわざなのか。

青白く、無口なバリモアは、なにをかくしているのだろう。なにかまだ、すべてがばくぜんとしているが、ここには犯罪の影がある。

まえの手紙のあと、もうひとりの隣人に会った。ラフター館のフランクランド氏だ。バスカビル館の南四マイルのところに住んでいて、白髪、赤ら顔の、見るからに怒りっぽい人物だ。

話によれば、法律にうるさく、始終、訴訟を起こしては、裁判所に通っているらしい。訴訟そのものが生きがいのようで、うったえるのも好きだが、うったえられるのも好きらしい。かなりの財産を裁判に使ったという。

自分の私道とはいえ、村人の通る道を封鎖して、うったえられるものならうったえてみろといったり、他人の家の門をかってにとりこわしたうえ、ここには大むかしから道があったのだといって、その家の住人の抗議にも耳を貸さなかったそうだ。

フランクランド老人は、古い記録や規則にやたらにくわしいものだから、そのことで彼の住むファーンワージの村人から感謝されたり、逆にきらわれたりもしている。そのときどきで、村人たちから拍手喝采をされたり、老人をかたどった人形を火あぶりにされたり、というありさまだ。もっとも、いま、七件の訴訟をかかえているというから、それらの裁判の結着がつくころには、のこっている財産もことごとく使いはたし、牙を抜かれたようにおとなしくなるだろうといううわさだ。

もう一つこの老人には趣味がある。それは天文観測で、すばらしい望遠鏡を持っているのだ。このところそれを自宅の屋根に持ってあがり、脱走囚人を発見してやるといって日がな一日、荒れ地をながめているらしい。

ところが、このフランクランド老人がまたもや困ったことをいいだした。うわさによれば、モーティマーを告訴するといきまいているらしい。というのは、モーティマーが、ロングダウン古墳から新石器時代の頭蓋骨を発掘したことを聞きつけ、親族（!）の承諾なしに墓をあばくとは、けしからん、というわけさ。

まったく、この老人のおかげで、退屈な生活にときどき笑えるできごとが生まれ、正直、感謝したいくらいだ。

これで、脱獄囚、ステープルトン兄妹、モーティマー、それにラフター館のフランクランド老人などに関する報告は終わりだが、最後に、手紙の冒頭でふれた、驚くべきできごとについて知らせよう。

まず、きみがロンドンから打った電報のことだ。バリモアが館にいたかどうかを確認するためのものさ。

郵便局での話は、まえにつたえたと思う。このことをヘンリー卿に話したところ、彼はあいう性格だから、すぐにバリモアを呼び、直接、問いただした。

バリモアは自分で受けとったといったものの、

「使いの子どもが、直接あなたにわたしたのかね」

ときかれ、すこし考えてから、

「いいえ、あのときは屋根裏部屋にいましたから、家内が持ってきました」

と答えた。

「返電はだれが書いた？」

「わたしが口でいい、家内が階下で書きました」

夜になると、バリモアがその話をむしかえした。

「だんなさま、今朝のおたずねのことですが、いったいどういう意味でしょうか。ご信頼をうらぎるようなことをしたというのでしょうか。なにかあるなら、おっしゃってください」

これにはヘンリー卿も困り、そうではないと説明したうえで、ロンドンからとどいたばかりの自分の衣服をごっそりバリモアにあたえて、なだめていた。

バリモアの妻も、興味深い人間だ。ひどく内気で、めったに感情をあらわさない。にもかかわらず、ぼくたちが館に到着した夜、ひどく泣いていた、という話はつたえたね。あれからも泣いた顔を何度も、ぼくは見かけたよ。なにかひどく悲しいことがあるのだろうか。よほど過去の罪の意識に悩まされているのか、それともバリモアがじつはひどい夫なのかはわからない。

バリモアという男には、どうもあやしいところがある。昨夜の事件で、そのうたがいはますます強まった。

とはいえ、それは事件というほどのできごとではないかもしれない。

知っているとおり、ぼくはねむりが浅いたちだし、この館にきてからは、責任感からますます浅くなっている。

昨夜の二時ごろだった。ぼくは部屋の前を歩く足音に目がさめた。そっとドアを開けてのぞいてみると、廊下に長くのびた影があった。片手にろうそくを持ち、シャツとズボンだけの姿で素足のまま廊下を歩いている。

うしろ姿だが、バリモアにまちがいなかった。足音を殺しているそのようすには、なにかぼくはそっとあとをつけることにした。

廊下は、大広間の階上をとりまくバルコニーで途切れているが、反対側にも廊下はあって別棟へとつながっている。

ぼくがバルコニーにたっしたとき、バリモアはその反対側の廊下のつきあたりまで歩いていくところだった。やがて開いた別棟のドアから明かりがちらちらもれてきて、彼が部屋に入ったとわかった。

反対側の棟には家具もなく、使われている部屋もない、ということだったので、バリモアの行動はひどくあやしい。

バリモアはじっとしているのか、明かりはゆれなくなった。ぼくは足音をしのばせて近づくと、ドアのかげから中をのぞきこんだ。

バリモアはろうそくを窓にかざし、かがみこんでいた。横顔しか見えないが、まるでなにかを待ちうけるように、じっと真っ暗な荒野に目をこらしている。

何分間か、そうして身じろぎもしなかったバリモアだが、やがて長いため息をつくと、ろうそくをふっと吹き消した。

いそいでぼくは部屋にもどった。ドアのそとを、もどってきた彼の足音がした。それからしばらくたち、ぼくがうとうとしていると、館のどこかでカチリと鍵をまわす音がした。

これがなにを意味するのかはわからないが、この暗い館の中で、なにかが起こっている。いずれその真相は突き止められるだろう。

事実だけを報告する約束だから、ぼくの推理は書かないでおく。ただヘンリー卿と長いこと話しあい、ぼくたちはある作戦をたてた。

それについてはいまは書かないが、つぎの報告を楽しみにしていてくれよ》

9　ワトスンの報告書　その一

荒野の怪光

《十月十五日　バスカビル館にて

親愛なるホームズ

これまではたいした報告を送ることができなかったが、今回は重大な情報を知らせられそうだ。事件の謎は、この二日のあいだにとけてきたものもあるが、ますます複雑になったものもある。とにかくありのままを書いて、きみの判断にまかせるとしよう。

あの翌朝、ぼくはバリモアが入っていった部屋をしらべてみた。彼がじっとのぞいていた西側の窓には、この館のほかの窓にはない特徴があった。それは荒野にいちばん近く、見晴らしがきく、という点だ。窓べに立つ二本の木のあいだが大きく開いていて、そこからそとをまっすぐ見通すことができるのだ。ほかの窓からでは、遠くの荒野の一部が見えるだけだ。つまりバリモアは、ここから荒野のなにかを見ていた、ということになる。ただゆうべは闇夜だったから、そこからなにかを見分けられたとは思えない。そこでこれはひそかな色恋がからんでいるのではないかと考えられる。彼のこそこそとしたようす、目を泣きはらしていた妻についても、それで説明がつく。バリモアはなかなかの男まえだから、いなか娘が夢中になってもふしぎはない。ぼくが部屋にもどってから聞こえた鍵をまわす音は、彼がこっそりと出かけていく音だったのかもしれない。

朝食を終えたぼくは書斎にいき、ヘンリー卿に見たことのすべてを話した。彼は意外なことに驚きもしなかった。

「バリモアが夜中に歩きまわっているのは知っています。二、三度、廊下をうろうろする足音を聞きました。わたしもそのわけをたずねようと思っていたのです」

「すると毎晩、あの窓のところへいっているのですね」

「たぶんそうでしょう。もしそうなら、あとをつければ、なんのためかがわかるでしょう。お友だちのホームズさんならどうしますかね」

「彼ならきっとあなたのいったとおりのことをします。あとをつけて、バリモアの行動を見届けますよ」

「ならば今晩にでもふたりでやってみましょうか」

「感づかれたら？」

「あの男はかなり耳が遠いのです。今夜わたしの部屋で起きていて、待ってみましょう」

ヘンリー卿は、さも楽しみなように両手をこすりあわせた。荒野での暮らしに退屈し、冒険に飢えているのだ。

彼は現在、故チャールズ卿のために設計や建築をうけおっていた業者とさまざまな交渉をしている。たぶんこれからここでは大改築がはじまるのだろう。プリマス市からは室内装飾の業者や家具屋もきている。この若き准男爵は大きな夢をもっている。バスカビル家の再興のためには、どんな努力や費用も惜しまない。そして館の改築が終わり、あらたな家具もそろったあかつきには、妻を迎え入れるつもりにちがいない。ホームズ、きみにだけは話すが、彼女――ミス・ステープルトンさえ承知するなら、その計画はすぐにも実現するだろう。ヘンリー卿は、本気で熱をあげている。だが、恋愛というのは、なかなかむずかしいものだ。今日も、彼にとっては思いもよらぬできごとが生じてしまった。

バリモアについての話のあと、ヘンリー卿は外出のしたくをはじめた。もちろんぼくもいっしょにいこうとした。

「ワトスンさん、あなたもお出かけですか」

ヘンリー卿はへんな顔をして、ぼくにたずねた。

「荒野に出かけられるのですか」

「ええ、そのつもりです」

「それならば、ぼくの役目はごぞんじでしょう。おじゃまでしょうが、ホームズから、けっしてあなたをひとりにしてはいけない、といわれているんです。とくに荒野へは、あなただけでいかせてはいけない、と」

ヘンリー卿はぼくの肩に手を置き、ほほえんだ。

「ワトスンさん、たしかにホームズさんは名探偵です。しかしわたしがこの地にきてから起きるできごとを、すべては見通せはしません。わかってください。あなたはひとの楽しみをじゃまするような、そんな野暮な方ではないでしょう。ひとりでいかせてください」

困ったことになってしまった。ぼくがどうしたものか考えあぐねていると、彼はステッキを手にさっさと出かけてしまった。

だがよく考えてみれば、どんな理由があるにせよ、彼をひとりでいかせたのはまずかった。万一のとき、きみになんと報告するのか。

ぼくはあわてて彼のあとを追い、メリピット荘の方角へと走りだした。

走っているうちに、荒野のわかれ道のところまできた。ヘンリー卿の姿はない。べつの場所へむかったのだろうか。ぼくは彼をさがすために、見晴らしのきく丘へ登ってみることにした。黒い岩肌の、石切り場のある、あの丘だ。

登ってみると、すぐにヘンリー卿の姿は見つかった。彼は荒野の小道の、わかれめから四分の一マイルほどいったところを歩いていた。かたわらに女性がいる。いうまでもなく、ミス・ステープルトンだ。待ちあわせていたにちがいない。ふたりはゆっくり歩きながら話しこんでいた。とくにミス・ステープルトンはなにごとかを強調するように、両手を動かしている。ヘンリー卿はじっと聞き入っていたが、強く反対するように、首を一、二度ふった。

ぼくはどうしたものか、途方にくれた。追いかけていってふたりの会話に割りこむのは、いかにも乱暴だ。とはいえ、ふたりから目をはなさずにいるのは、まるで友だちをスパイしているようで、気持ちのいいものではない。

とにかく丘から見ているよりほかになくて、ぼくはあとでヘンリー卿にそのことをうちあければいいや、と決心した。

ヘンリー卿とミス・ステープルトンは立ち止まり、熱心に話しあっていた。そのときぼくは、ふたりのようすを目撃している者がほかにもいたことに気づいた。なにか緑色をしたものが動いているのだ。

はっとして目をこらすと、それはでこぼこの地面を移動する捕虫網だった。ステープルトンだ。

彼はぼくよりもふたりのずっと近くにいて、さらに歩みよっていくところだった。そのときヘンリー卿がミス・ステープルトンを抱きよせた。彼女は顔をそむけ、ヘンリー卿のキスからのがれようとしている。

つぎの瞬間、ふたりはさっとはなれた。ステープルトンが現れたことに気づいたからだった。ステープルトンは走りよると、こっけいに見えるほど捕虫網をふりまわしながら、興奮したようすで、なにごとかを恋人たちにいいたてた。どうやらひどく怒って、ヘンリー卿をののしっているようだ。ヘンリー卿はけんめいに弁解しようとしているのだが、まったく聞き入れるようすはない。ミス・ステープルトンは無言で横をむいている。

ついにステープルトンは妹を手まねきすると、くるりとむきを変えた。彼女はまよったように兄とヘンリー卿を見くらべていたが、やがて兄とともに歩きだした。博物学者は、妹にもひどく腹をたてているようだ。

ひとりのこされたヘンリー卿はしばらく彼らを見送っていたが、やがて頭をたれ、がっかりとしたようすで道を引き返しはじめた。

ぼくにはわけがわからなかったが、見てはいけないものを見てしまったということだけは想像がついた。

そこで丘を走りおり、ふもとでヘンリー卿を待つことにした。ヘンリー卿の顔は怒りで赤らみ、眉間に深いしわを寄せていた。

「おや、ワトスンさん！　あれだけいったのに、わたしのあとをつけてきたのですか」

ぼくはすべてを説明した。ひとりでいかせることはできないと思い、あとを追った結果、一部始終を目撃してしまったのだ、と告げた。

一瞬、彼の目が怒りに燃え、ぼくをにらみつけた。が、しかたない、といったようすで笑いだした。

「あの野原なら、だれにも気づかれず会えると思ったのに。ところがなんと、みんなでぼくのプロポーズを見物していたんだ。しかもみごとにふられてしまった。あなたはどこにいたんです？」

「あの丘の上に」

「ずいぶんはなれた席だ。ところが彼女の兄は最前列ときた。駆けよってくるのを見ましたか」

「ええ」

「まったく妙な男だ。いままでああだとは思わなかった。どうです？」

「そうですね……」

「いまのいままで、まともな人物だとばかり思っていたんですがね。あれはどう見てもおかしい。さもなきゃわたしがどうかしちまったのか。ワトスンさん、ここでいっしょにすごすようになって何週間かたちますよね。わたしは結婚相手として、そんなに問題がある人物でしょうか」

「そんなことはないですよ」

「社会的地位なら、文句のつけようはないはずだ。だとしたらわたしを憎んでいるのか。これまでわざと人を傷つけたことなどないのに。あの男は、妹には指一本ふれさせない、といったんです。いったいどういうことでしょう――」

「そんなことをいったのですか」

「それだけじゃない。彼女と会ってまだほんの数週間ですが、ひと目会ったときに、この人だ、とわたしは感じたんです。あの人だって同じ思いのはずだ。それは彼女の目を見ればわかる。なのにあの男は、わたしたちをけっしてふたりきりにはしなかった。今日はじめて、ふたりきりで話せ、わたしはうれしかった。彼女もうれしそうでした。でもあの人は、わたしの愛のことばを聞こうともせず、ここは危険な土地だとか、早くはなれたほうがいいとか、そんなことばかりいうのです。

　わたしはこうなったら、彼女がいるかぎりここをはなれる気はない。もし出ていくなら、いっしょに出ていこう、といいました。つまりはっきり結婚してくれ、といったのです。ところが彼女が返事をするまえに、あの男が真っ青になって駆けよってきたのです。怒りくるっていました。わたしがなにをしたというんです？　いやがっているのをむりにくどいたとでもいうのか。准男爵をかさにきて、好き勝手をしたとでもいうのか。彼女の兄でなければ、思い知らせてやるところでした。妹さんに対する気持ちにやましいものはない、できれば妻になってほしい――そういったのに、耳を貸そうともしないんです。わたしもかっとなりました。彼女の前で、いいすぎたかもしれません。けっきょくあいつは彼女をつれていってしまい、わたしはひとりぼっちでのこされたというわけです。途方にくれますよ、ワトスンさん。どうすればいいのでしょう。教えてくれたら、一生、恩にきます」

ぼくにもなんといってよいかわからなかった。思いついたことを一つ二つ話してはみたが、ヘンリー卿の性格、容姿、地位、財産、どれをとっても申し分がないはずだとしか思えないのだ。ただ一つ問題があるとすれば、一家にまつわる暗い運命くらいのものだ。そんな彼が求婚しているというのに、本人である妹の気持ちもたしかめず、ひどいことわりかたをし、しかもそれに対し妹自身もなにもいわない、というのも妙な話である。

しかしその日の午後、ステープルトン自身がバスカビル家をおとずれ、問題は解決した。彼は自分のとった失礼な態度をあやまりにきたのだ。彼とヘンリー卿は、書斎でふたりきりで長い時間話しあった。その結果、すべてを水に流すことになり、つぎの金曜日には、メリピット荘でみなで食事をする約束をかわした。

「いまでもあの男がまともとは思えない。朝走ってきたときの興奮ぶりは、ふつうじゃなかった。でもこんなにきちんとわびを入れる人間もいません」

ヘンリー卿は、ぼくにいった。

「なんと説明していました？」

「妹が人生のすべてだといいました。それはしぜんなことだし、彼が彼女の価値を知ってくれているのも、わたしにはうれしいことです。彼は、自分は孤独な人間で、ずっと妹とふたりきりで暮らしてきた。その妹がいなくなると考えただけで気が狂いそうになったというんです。わたしが彼女にひかれているとは夢にも思っておらず、じっさいに彼女がうばわれそうになっているのを自分の目で見て、ショックのあまり、しばらくなにをしていたのかわからなかったそうです。

彼は自分のしたことを心から後悔して、妹のような美しい女性を一生手もとに置いておこうと考えたのは、おろかで自分勝手だった、とみとめました。もし彼女が出ていくのなら、遠いだれかのもとよりも、わたしのような隣人のほうがましだ、というのです。いずれにせよ、心がまえができるまで、もうすこし時間がほしい、といわれました。この件を三ヵ月のあいだそっとしておいて、求愛などせず、友だちとしてだけつきあうと約束してくれれば、彼もいっさい反対をしないというのです。わたしはそれを受け入れ、問題はひとまずおあずけになりました」

これで一つ、小さな謎はとけた。ぼくらが置かれたこんな泥沼で、たとえ小さいとはいえ、一つの沼の底に足が着き、ぼくはほっとした。ステープルトンが、なぜ申し分のない妹の求婚者を遠ざけようとするのか、それがわかったのだから。

さて、つぎはもつれた糸のたばからたぐりだしたもう一本の糸の話だ。夜中に聞こえるすすり泣き、バリモアの妻の涙、そしてバリモア自身の深夜の奇怪な行動。

よろこんでくれ、ホームズ。ぼくは代役をりっぱに果たした。それも一夜にして、謎をといた。

「一夜にして」とぼくは書いたが、じつは「二夜にして」というのが正しい。というのも、最初の夜はみごとにからぶりだったからだ。ヘンリー卿とふたりして夜中の三時まで書斎でねばったが、聞こえてくるのは階段の上の時計の鐘の音だけで、けっきょくふたりともいすでねむりこんでしまったのさ。

つづく二晩めは、ランプの火を小さくし、音もたてずにたばこを吸いながらじっと待った。時間のたつのはじつにおそかった。まるで獲物がわなにかかるのを待つ猟師のように待ち受けていた。一時、二時、時計が時を打つ。

今夜もからぶりか。あきらめかけたとき、廊下をきしませる足音が聞こえた。ぼくとヘンリー卿は、はっとして耳をすませた。

ふたりともじっと動かずに、足音が聞こえなくなるのを待った。それからヘンリー卿がそっとドアを開けた。回廊に人影はなく、真っ暗だった。ぼくらは足音をしのばせ、別棟までいった。バリモアのうしろ姿がちらりと見えた。二日まえの夜と同じ部屋に、ろうそくを手にして入っていく。ドアのすきまからもれる黄色い光がひとすじ、廊下でゆれていた。

足音に気づかれないよう、はだしになったぼくらは、一歩一歩用心深く、床板を踏みしめていった。

ようやくドアにたどりつき、そっと中をのぞいた。バリモアはろうそくを手に、窓べにかがんでいた。青ざめた顔をガラス窓に押しつけるその姿は、二日まえの夜と変わっていない。

まえもってどうする、というとりきめはなかった。ヘンリー卿は性格そのままに、つかつかと部屋に踏みこんでいった。

バリモアはするどいさけび声をあげ、窓からとびのいた。顔は血の気をうしない、くちびるはふるえている。

「バリモア、ここでなにをしているのだ?」

手にしたろうそくもふるえ、火影がおどった。

「な、なにもしておりません、ただ見まわっていただけで……」

「二階をか?」

「はい、窓をぜんぶでございます」

「いいか、バリモア」

ヘンリー卿はきびしい声でいった。

「ほんとうのことをいえ。うそはやめろ! その窓でなにをしていた!?」

バリモアは追いつめられた表情になった。

「なにも、なにも悪いことはしていません。窓に、ろうそくをかざしていただけで——」

「なぜそんなことをする?」

「だんなさま、どうかお許しください。誓って、わたしの秘密ではないのです。わたしだけのことでしたら、申しあげます。どうかおききにならないでください」

ぼくは思いつき、置かれていたろうそくをとりあげた。

「これでなにか合図をしていたのかもしれない。やってみましょう」

ぼくはバリモアと同じようにろうそくをかかげ、夜の闇に目をこらした。月は雲にかくれ、木々の黒いかたまりとほの白い荒れ地とがかろうじて見分けられるほどの明かりしかない。

「やった」

ぼくはつぶやいた。とつぜんピンの先ほどの、小さな黄色い光が、四角い窓の中の闇でかがやいたからだった。

「あれだ！」

「いいえ、なんでもないんです。あれはけっして、なんでもありません！」

バリモアがあわてていった。

「ワトスンさん、ろうそくを動かしてみて」

ヘンリー卿が大声でいった。

「ほら、あっちの光も動くぞ。どうだ、これでも合図をしていないというのか。さあ、話すんだ。むこうにいるのはだれだ⁉　なにをたくらんでいる」

バリモアの表情がかたくなった。

「これはわたしの問題です。お話しできません。だんなさまがたには関係のないことです」

「よし、わかった。おまえはたったいまからクビだ。出ていけ」

「けっこうです。どうしてもとおっしゃるなら出ていきます」

「ただのクビではないぞ！　恥を知れ！　おまえたち一家は百年以上もバスカビル家に仕えてきた。その誇りをわすれ、うらぎったのだ」

「ちがいます！　うらぎるなんてとんでもございません！」

女のさけび声がした。バリモアの妻が、夫よりも青ざめた顔で戸口に立っていた。大柄なからだの肩にショールを巻きつけ、スカートをはいている。

「出ていくことになったよ、イライザ。荷物をまとめよう」

バリモアがいった。

「ああ、ジョン……ごめんなさい、わたしのために。だんなさま、夫は悪くございません。わたしのためにやったことなのでございます」

「ではすべて話すんだ。いったいこれはどういうことだ」

「かわいそうなわたしの弟が、荒野で飢え死にしかけているのです。すぐそこにいるというのに見殺しにはできません。この明かりは、食べ物の用意ができたことを知らせ、あちらの明かりは、それをどこに運べばよいかを教えているのです」

「おまえの弟というのは――」

「脱獄しました囚人のセルデンです」

「ほんとうのことなんです」

バリモアがいった。

「だんなさまをうらぎったわけではございません。わたしの秘密でないというのも、おわかりいただけたと思います」

ぼくとヘンリー卿は、驚いてバリモアの妻を見つめた。まじめそのもののこの女と、国じゅうに悪名をとどろかせた殺人犯が姉弟だというのか。

「だんなさま、わたしの旧姓はセルデンです。子どものころ、さんざん甘やかされて、すっかりわがままになった弟は、世の中は自分のためにあるのだと思いこんでしまったのでございます。大きくなって悪い仲間に入ると、悪魔にとりつかれてしまいました。家名に泥を塗り、母親を悲しみのあまり死に追いやったのも弟です。つぎつぎに罪をかさね、どん底まで落ちて、死刑にならずにすんだのは、神のお慈悲でした。それでもわたしにとっては、子どものころ、あやしたり遊んでやった、かわいい巻き毛の弟なのです。

弟が脱獄したのも、わたしがこの屋敷にいて、かくまってもらえると知っていたからです。ある晩、看守たちに追われた弟が、疲れはて飢えて、ここまで逃げてまいりました。わたしたちはどうすればよかったのでしょう。中に入れてやり、食べ物をあたえてやりました。

そこへだんなさまがおいでになったのです。弟は、ほとぼりがさめるまで荒野にかくれているのがいちばん安全だと考えました。ただひと晩おきに、窓から合図を送り、夫がパンと肉を運んでやったのです。どこかへいっておくれと願わない日はありませんでしたが、あそこにいるうちは見捨てることができませんでした。わたしも正直なキリスト教徒です。これですべてを申しあげました。どうか、お責めになるのなら、夫ではなくわたしを責めてください。夫はなにもかも、わたしのためにしたのです」

女のことばには熱がこもっていた。

「ほんとうか、バリモア」

「そのとおりでございます」

ヘンリー卿は息をはいた。

「わかった。自分の妻のためだったというのなら、責めることはできん。さっきいったことはわすれてくれ。ふたりとも部屋にひきとるがいい。朝になったら、もう一度話しあおう」

バリモア夫婦が下がると、ぼくたちはもう一度、窓からそとを見つめた。

ヘンリー卿が窓を開けると、冷たい風が吹きつけた。遠くの闇のなかに、小さな黄色い光はいまもある。

「大胆なやつだ」

「ここからしか見えない場所にいるのでしょう」

「きっとそうでしょう。どれくらいはなれていると思います？」

「せいぜい一、二マイル。そんなにないかもしれません」

「そうですね。バリモアが食べ物を運んでいたとすれば、遠くではありません。脱獄囚があそこにいるのか。つかまえないわけにはいかんでしょう！」

ぼくも同感だった。バリモア夫婦は、ぼくたちを信じてうちあけたのではない。かくしきれずに白状したのだ。しかもそこにいるのは、冷酷な殺人者であり、あわれんだり見のがせるような男ではない。もしここで見のがせば、またなだれかが犠牲になるかもしれないのだ。たとえばステープルトン一家が、今夜のうちにもおそわれるかもしれない。ヘンリー卿もそのことに思いいたったにちがいなかった。

「ぼくもいきます」

「それじゃピストルを身につけてください。靴はブーツをはいて。やつが火を消すまえに、いそぎましょう」

五分でぼくたちは館を出て冒険に出発した。低い泣き声のような秋風を聞き、かさこそと鳴る落ち葉を踏みしめて、黒々とした灌木のしげみの中を進んだ。じっとりと湿った夜気は、くさった葉のにおいがした。ときどき雲の切れめから月がのぞいたが、荒野を出たところで雨が降りはじめた。火はまだ同じ場所で燃えている。

「武器はありますか」

　ぼくはたずねた。

「狩猟用の乗馬むちを持ってきました」

「相手も死にものぐるいです。不意をついて、一気に押さえつけましょう」

「ワトスンさん、ホームズさんが聞いたらなんというでしょう。悪霊がはばたく暗き夜に、こうして荒れ地にきているのですから――」

　そのとき、まるでそのことばに答えるように、荒野の闇のなかから、あのさけびがわきおこった。ぼくがいつかグリンペンの沼のほとりで聞いたのと同じおそろしいさけびだ。夜の風にのり、静けさを破り、低く長い声からやがて高いさけびへと変わり、ふたたびうめき声のように低くなって消えた。だがそのさけびは、やんだかと思うとまたわきおこり、あたりの空気を何度もふるわせた。

　ヘンリー卿はぼくの腕をつかんだ。

「あれはなんです？」

　その顔は、夜目にも青ざめていた。

「わかりません。ぼくはまえにも聞いたことがありますが、荒野ではよく聞こえる声だそうです」

　さけびがやみ、あたりは静寂につつまれた。もう、なんの物音もしない。

「ワトスンさん、あれは犬の吠え声です！」

ヘンリー卿の声がうわずっていた。彼が恐怖にとらえられたと知ったとき、ぼくも血が凍るのを感じた。

「みなはこの声をなんといっているのです」

「みなとは？」

「地元の人間たちです」

「無知な連中のいうことです。気にしないほうがいい」

「教えてください。なんと呼んでいるのです」

ぼくはためらい、答えた。

「バスカビル家の犬のさけびだと」

ヘンリー卿はうめき、だまりこんだ。

「――たしかに犬の声だ。何マイルもはなれてはいたが……」

やがていった。

「どこから聞こえてきたか、わかりましたか？」

「風に乗って、高くなったり低くなったりしていたようです。グリンペンの底なし沼のあたりかもしれない」

「まちがいない。ワトスンさん、あなただってわかっているのでしょう。わたしは子どもじゃない。思っていることを聞かせてください」

「あれをはじめて聞いたときはステープルトンといっしょでした。あの男はめずらしい鳥の鳴き声かもしれないといっていましたよ」

「いや、あれはまちがいなく犬です。伝説なんか信じちゃいなかったけど、もしかわたしの身になにか危険なことがあるというのだろうか。ワトスンさんは信じますか」

「まさか」

「ロンドンでなら笑い話だが、この荒野であんな吠え声を聞くと、話はべつだ。それに死んだ伯父のこともある。大きな犬の足あとが、倒れていたそばにあったという。自分を臆病者だとは思いませんが、さすがにあの声には血が凍りましたよ。ほら！」

ヘンリー卿はぼくの手にふれた。まるで石のように冷たい。

「明日になればだいじょうぶです」

「いえ、あの声はわすれられません。ところでこれからどうします？」

「引き返しますか？」

「とんでもない。あの男をつかまえましょう。わたしたちは脱獄囚を追い、そのわたしたちを地獄の魔犬が追うというわけだ。くるならこい！　地獄の悪魔が出てこようと、突き止めてやる」

ぼくたちはつまずきながら暗闇を進んだ。周囲には黒くごつごつとした岩山がそびえ、前方には、まだ黄色い火がかすかに燃えている。真っ暗な闇夜のなかでは距離の見当がまるでつかない。はるかかなたでかがやいているようにも見え、ほんの数ヤード先にあるようにも思える。

だがようやく光のある場所を突き止めることができた。すぐ近くまでやってきたのだ。風よけにした岩の割れめで、ろうをしたたらせながら燃えるろうそくがあった。バスカビル館の方角からしか見えない場所にうまく置かれている。

ぼくたちは花崗岩《かこうがん》の巨石に沿って、そっと近づいた。無人の荒野で、一本のろうそくだけが燃えているのはふしぎな光景だった。黄色い炎はゆれもしないで、まわりの岩肌をかがやかせている。

「どうします？」

ヘンリー卿がささやいた。

「ここで待ちましょう。やつはきっとこの近くにいます」

そのことばが終わらないうちに男が現れた。ろうそくの燃える裂けた岩のむこうから、ぬっと凶暴そうな黄色い顔が突き出たのだ。それは欲望をむきだしにした、獣のような顔だった。ひげも髪ものびほうだいで、泥にまみれている。まるで丘の斜面の石小屋に住んでいたという大むかしの野蛮人のようだった。

小さくずるそうな目が光った。追われる獣のように、あたりの闇をうかがっている。

なにかがおかしいと気づいているのだ。バリモアしか知らない、べつの合図があったのか。危険を感じているのか、その顔には恐怖の色があった。

いまにもろうそくを消し、闇のなかに逃げこみそうな気配だった。ぼくはとびだしていった。ヘンリー卿もそれにつづいた。脱獄囚はさけび声をあげ、石を投げつけてきた。石は巨岩に当たってくだけた。

男は立ちあがり、逃げだした。小柄だが頑丈そうな体つきをしている。

雲の裂けめから月がのぞいた。ぼくたちは丘の頂上に駆けあがった。男はまるで高山にすむやぎのように、反対側の斜面を小石をけちらしながら駆け下っていった。距離はあったが、うまくいけば撃ち倒せたかもしれない。だが、ピストルは身を守るためであって、武器も持たず逃げる男を撃つ気にはなれなかった。

ふたりとも走るのは得意だったが、その男に追いつくのはむずかしかった。かなりの時間、月明かりに照らされ、逃げていく姿は見えていたが、やがて丘の岩のあいだを動く小さな点となった。息が切れるまで追ってはみたが、距離ははなされる一方だった。

ついにふたりともあきらめて岩の上でへたりこんだ。男はどんどん遠ざかっていく。

ぼくたちはあえぎ、息がととのうのを待って、引き返すことにした。

そのとき、じつにふしぎな、思いがけないことが起こった。月がかたむき、岩山の頂上が銀色の円にくいこんでいる。その夜空を背景に、黒い人影が岩山に立つ姿をぼくは見たのだ。脱獄囚とはべつの人物だった。まるで彫刻のようにくっきりとうかびあがるその姿は、長身でやせていた。足を開きかげんにし、腕を組んでうつむいている。

いったい何者なのだろう。ぼくは思わずさけび声をあげ、ヘンリー卿の腕をつかんだ。だがその瞬間、ふっとその男は姿を消していた。

岩山までいってたしかめるには距離がはなれすぎている。ヘンリー卿はその姿を見てはおらず、ぼくが感じた威圧感や恐怖は理解できないようだった。

「きっと看守でしょう。あいつが脱獄してから、おおぜいの看守が荒野にやってきているんです」

たしかにそうかもしれない。だがぼくとしては、もうすこししらべてみたかったと思っている。

今日、プリンスタウン刑務所に連絡し、脱獄囚の情報をつたえるつもりだが、ぼくたちの手でつかまえられなかったのは残念だ。

以上が昨夜の冒険だ。調査については、うまくやったとみとめてくれると思う。あとは事実を託し、きみの判断にまかせるよ、ホームズ。

調査はこうして進んでいる。バリモア夫婦に関しては、行動の謎はとけたし、こちらの状況もはっきりしてきた。だが荒野にはまだ、いくつもの謎がのこっている。つぎの報告までには、あらたな手がかりをつかんでおくつもりだ。

きみがこちらにこられれば、と願わずにはいられない。とにかく二、三日のうちに、また手紙を送る》

10　ワトスンの日記からの抜き書き

ここまでは、ぼくがこちらに着いてから、ホームズに送った手紙の引用だった。これからは、日記を参考にして、記憶を頼りに書くこととしよう。まずは、荒野で脱獄囚をつかまえそこね、さらにふしぎな体験をした一夜が明けてからのことだ。

《十月十六日、小雨。霧が深い。

バスカビル館は、まさにいまのぼくたちの気分にぴったりの天候のなかにある。濃い霧にすっぽりとおおわれ、館は、中も外も暗い。不安がつのり、正体のわからない危険がせまっているような気がしてならない。

館のまえの主人であるチャールズ卿の死は、一族の伝説にまつわるものであったし、たびたび荒野に出現するという、奇怪な生きもののうわさも気になる。ぼく自身も二度、犬の遠吠えのような声を聞いた。ただし、あれが超自然のものだとは思えない。地獄の魔犬なら、足あとをのこしたり、吠え声で空気をふるわすことなどありえないからだ。

あるいはステープルトンやモーティマー医師ですら、そうした迷信にとらわれているかもしれない。地元の農民のなかには、目や口から地獄の業火を吹きだす怪物を見たと、まことしやかにふれまわる者もいる。

だがぼくはそんなことばは信じない。ぼくは名探偵シャーロック・ホームズの相棒なのだ。ホームズがそんな迷信にまどわされるはずがない。

ならば、どう説明するか。

じっさいに巨大な犬が荒野をうろついていると考えるほかない。

問題は、その犬がどこにひそんでいて、どのように食物を得ているのか、だ。さらに、どこからやってきて、なぜ夜にしか現れないのかも、答えが出ない。

犬の問題をべつにしても、ロンドンの「にせホームズ」、ヘンリー卿への警告の手紙など、あきらかに人間がかかわった現実の謎もある。敵なのか、味方なのか、いまのところ手がかりがまったくない。その男は、ロンドンにとどまっているのか、この地まで追ってきているのか。追ってきているとすれば、ぼくが昨夜岩山で目撃したあやしい人物こそ、その男なのだろうか。

あやしい男を見たのは一瞬だったが、その姿ははっきりとおぼえている。ステープルトンよりずっと背が高く、フランクランドよりやせていた。バリモアは似た姿をしているが、あのときは館にのこっていたはずだ。

となれば、ロンドンでぼくたちを尾行した「にせホームズ」が、ここにも現れたことになる。その男をつかまえることができれば、多くの謎をとく鍵になりそうだった。

ぼくはヘンリー卿にも協力をたのもうかと思った。だが考えてみると、これはぼくひとりでやるべきことだ。ヘンリー卿は、昨夜のあの遠吠えがよほどショックだったらしく、今朝は顔色も悪く、口数も少ない。これ以上、彼に負担をかけるより、自分の力だけでやってみるべきだろう。

朝食を終えたあとだった。バリモアがヘンリー卿とふたりだけで話がしたいといいだし、しばらく書斎にとじこもっていた。玉突き部屋で待っていたぼくの耳にも、声高なやりとりが聞こえてきた。

やがてヘンリー卿がドアを開け、顔をのぞかせた。

「バリモアが文句をいっているんです。自分から秘密をうちあけたというのに、われわれが義理の弟を追っかけたのは、公平じゃない、と」

「ことばがすぎたのならお許しください。でも、おふたりがおもどりになるのを見て、セルデンを追っていたのだと知りましたときは、びっくりいたしました。かわいそうな弟は、いままでもじゅうぶんに敵だらけで、追われているのです」

バリモアがヘンリー卿の背後からいった。

「おまえがすすんでうちあけたわけではないだろう。問いつめられ、しかもおまえではなく、おまえの妻が話したんだ」

ヘンリー卿はいい返した。

「それにつけこむことはされまい、と思ったのです。まさか――」

「あの男は社会の敵なんだ」

ぴしりとヘンリー卿はいった。

「この荒野は一軒家ばかりなんだぞ。ステープルトン家を考えてみるがいい。万一のとき、たちむかえるのは、ステープルトンさんひとりしかいない。つかまるまでは、だれだって安心はできない」

「だんなさま、あれはどこの家にも押し入ったりはしません。この国では二度と悪事に手を出さないと、誓ってもよろしゅうございます。あと二、三日もすれば手はずがととのい、南アメリカへ逃がしてやることができるのです。お願いです、だんなさま。あれが荒野にかくれていることを警察には知らせないでください。警察も荒野の捜索はあきらめたのです。ですから、あれが船に乗るまで、お見のがしになってください。それにもし警察に知らせれば、わたしも家内も、ただではすみません」

「ワトスンさん、どう思います？」

ぼくはため息をついた。

「もしなにもせず国外に出るのであれば、税金のむだづかいはふせげます」

「ほんとうになにもしないという保証は？」

「そんなばかなまねはいたしません。ほしいものは、なんでもあたえてあります。もしなにかをしでかせば、かくれ場所を教えるようなものです」

必死の表情でバリモアはいった。

「そうだな……」

ヘンリー卿は考えこんだ。

「そういうことならば、しかたがないか」

「ありがとうございます！　心からお礼を申しあげます」

バリモアはいった。

「もしこんどあれがつかまったら、家内は死んでしまうでしょう」

「われわれは、重罪人を助けているのかもしれませんね、ワトスンさん。でもこうまでいわれては、引きわたす気にもなれない」

ヘンリー卿は首をふった。

「よし、わかった、バリモア。この件についてはこれで終わりだ、いっていいぞ」

バリモアは感謝のことばで口ごもりながら立ち去ろうとした。が、思いついたように引き返してきた。

「ご親切にしていただき、ご恩返しをしなければと思って、いま思いだしたことがございます。もっと早くお話しすべきだったのですが、検死審問がすんでだいぶあとになってからわかったことなのです。じつはチャールズ卿が亡くなられたときのことで——」

ヘンリー卿とぼくは思わず立ちあがった。

「どのように亡くなられたか知っているのか⁉」

「いいえ、そのことはぞんじません」

「じゃ、なんだ」

「あの晩、なぜあんな時刻にあの門のところにいらしたかという理由です。ある女性と会うためだったのです」

「女の人に⁉　あの伯父が？」

「はい」

「だれなんだ、その女性というのは」

「お名まえはわかりませんが、頭文字だけなら……。Ｌ・Ｌでした」

「なぜそれがわかった」

「あの日の朝、伯父上さまにお手紙が一通まいりました。チャールズ卿には、困った方、助けをもとめる方から、いつもたくさんの手紙がまいりますのに、あの日にかぎっては、一通しかとどかなかったのです。それで印象にのこりまして……。クーム・トレーシー局の消印で、女文字でした。それきりわすれていたのですが……」

「それで?」

じれったそうにヘンリー卿はうながした。

「二、三週間ほどまえのこと、チャールズ卿の書斎をそうじいたしておりましたところ——お亡くなりになられてからはそのままだったものですから——暖炉の火床の奥に、手紙の燃えかすがあるのを見つけました。ほとんどは黒こげだったのですが、わずかに文字のインクの色が変わって読めるところがありました。手紙の最後の追伸のようでした。『お願いですからこの手紙は燃やしてください。そして十時に門のところにいらしてくださいませ』とあって、L・Lの頭文字が署名されていました」

「それはとってあるのか」

「いいえ、手にしようとすると、ぼろぼろにくずれてしまいました」

「チャールズ伯父は、ほかにも同じ女性から手紙を受けとったことがあるか」

「さて。手紙についてはあまり気にしたことがございませんでしたので——」

「L・Lという人物に心あたりは?」

バリモアは首をふった。

「ございません。しかしその女性についてなにかわかれば、チャールズ卿の最期についてもくわしいことがわかるのではないでしょうか」

「そのとおりだ、バリモア。なぜそんな大切なことをいままでだまっていた」

「はい、そのすぐあとで、義弟のことがもちあがりまして。それに、チャールズ卿にはたいへんよくしていただいておりましたし、わたしどももあの方を心よりお慕いしておりました。ですからかえって、ことが女性にかかわるだけに、おおやけにしてよいのかどうか。たとえどのようにりっぱな方であろうと、女性問題となりますと――」

「名誉を傷つけるおそれがある？」

　バリモアはうなずいた。

「はい。いいことがあるわけがない、と思いました。でもこのようにご親切にしていただいては、だまっているわけにもまいりませんでした」

「よく話してくれた、バリモア。もう下がっていい」

　執事が出ていくと、ヘンリー卿はいった。

「どう思います？」

「謎は深まったものの、手がかりにもなるでしょう」

「わたしもそう思います。L・Lという女性の正体を突き止めることができれば、事実を知る人間がうかんできます」

「ホームズにすぐ知らせます。もしこれだけの手がかりがあるのに、彼がここへやってこないなら、ぼくは彼を見そこなったことになる」

ぼくはすぐに部屋にもどると、報告の手紙を書きあげた。このところホームズは、ずいぶんいそがしいらしく、ベーカー街からほとんど返事はなかった。たまにあっても、それはひどくそっけない内容で、こちらの情報に対する意見や今後のぼくの行動について指示を下すような文章はなにもなかった。かかえている恐喝事件に全力をつぎこんでいるようだ。ともあれ、この新事実には、彼も注目せざるをえないはずだ。あるいはこんどこそ、彼がここに乗りこむ必要を感じてくれるかもしれない》

《十月十七日、一日じゅう、はげしい雨が降っている。

このどしゃ降りのなか、冷えきった荒野にひそんでいる脱獄囚を考えると、あわれですらある。どんな罪を犯したにせよ、それをつぐなう苦しみは受けている。

そしてもうひとりの男のことも思う。馬車の中のあの顔、月下にたたずんでいた姿。彼もこの雨のなか、姿なき見張りとして、どこかに立ちつくしているのだろうか。

夕方、ぼくはレインコートを着て、水びたしの荒野に出かけていった。雨が絶え間なく顔を打ち、耳もとで風が音をたてている。豪雨に、荒れ地は高台ですら沼のようだった。もし底なし沼にでもまよいこめば、助かるみちはない。

それでもぼくは、月下にたたずんだ男のいた岩山をめざした。その頂上に立ち、男と同じように、雨にしずんだ暗い丘陵地を見わたした。濁流が赤褐色の台地を流れ落ち、灰色の雲が重く低く、たれこめている。はるか左手には窪地があり、バスカビル館の二本の塔が、霧のなか、そそり立っていた。これ以外に人間のいとなみを感じさせるものは、丘の斜面に密集する、はるか太古に作られた石小屋くらいだ。

あの男の姿はどこにもない。

帰る途中、農家に往診した帰りだというモーティマー医師が、二輪馬車でぼくに追いついた。

モーティマーは、いつもぼくたちのことを気にし、毎日のようにバスカビル館に顔を出している。彼はぼくを馬車で館まで送ろう、といってくれた。愛犬のスパニエルがいなくなったとかで、ひどく心配している。そのうちもどってきますよ、とぼくはいったものの、グリンペンの底なし沼で見た子馬のことを考えると、その望みはうすいかもしれない。

「ところでモーティマーさん」

でこぼこ道を走る馬車の中でゆられながらぼくはいった。

「この馬車で往診できる範囲なら、このあたりのほとんどの人はごぞんじですか？」

「ええ、そうですね。たいていの方は知ってます」

「そのなかに、L・Lという頭文字の女性はいませんか」

モーティマーはしばらく考えていたが、

「いえ、知りませんね。ジプシーや小作人のなかには何人か知らない人間がいますが、農家や地主にはそんな頭文字の人は――いや、ちょっと待ってくださいよ。ローラ・ライオンズがいる。頭文字はL・Lだな。住んでいるのは、クーム・トレーシーですけど……」

「どんな人です?」

ぼくは興奮をおさえていった。

「フランクランド氏の娘さんですよ」

「えっ、あの変わり者の老人の?」

「ええ。この荒野を描きにきていたライオンズという画家と結婚したんです。ところがひどい話で、彼女は捨てられましてね。まあ、男ばかりが悪いというわけでもないでしょうが……。ただフランクランド氏は、親の許可なく結婚したのは許せんといって、彼女を屋敷に出入りさせないんです。ほかにも理由はあるのかもしれませんが、父親と夫の両方から捨てられて、ずいぶんつらい思いをしているようです」

「どうやって生活をしているのです?」

「フランクランド氏がわずかばかり仕送りをしていたのですが、いまはその彼の生活もかなりきびしいですからね。ほうっておくわけにもいかず、地元の有志で助けようということになりました。ステープルトン氏とかチャールズ卿、わたしも、およばずながらそのひとりです。タイプライターの仕事をやってもらうことになりました」

そしてモーティマーは、なぜぼくがそんなことをきいたのかを知りたがった。ぼくは、フランクランドの頭蓋骨《ずがいこつ》の話をもちだして、うまく話をそらすことにした。

明日の朝、クーム・トレーシーに出かけ、ローラ・ライオンズに会わなければならない。その女性に会えば、大きな手がかりを得られるはずだ。

館に着くと、モーティマーは、ぼくたちと夕食をともにし、食後はヘンリー卿とトランプのエカルテで遊ぼうという話になった。そこでぼくは図書室にいき、コーヒーを飲むことにした。

バリモアがコーヒーを運んできたとき、たずねた。

「ところできみたちの弟はもう出発したのかい？　それとも、まだかくれているのかな」

「それがわからないのです。出発してくれているといいのですが……。三日ほどまえ、食べ物を運んでやって以来、連絡がありません」

「そのときは会ったのか？」

「いいえ。でもつぎにいったときには食べ物はなくなっておりました」

「じゃあ、いたのだろう」

「もうひとりの男が食べたのでなければ、そうだと思います」

コーヒーカップを持った手が止まった。ぼくはバリモアを見つめた。

「べつの男がいるのか」

「はい。荒野にはもうひとり、男がおります」

「見たのか」

「いいえ」

「ではなぜわかる？」

「一週間ほどまえですか、セルデンが気づいて話していました。その男もかくれているようですが、脱獄囚ではないようです。まったくいやな話で……」

バリモアはくちびるをかみしめた。へんだった。なにかまだ、ぼくにいいたいことがあるようだ。

「バリモア、ぼくが心配しているのは、きみの主人のことだ。なにかあるのなら、いってくれないか」

バリモアは深々と息を吸いこんだ。やがてこらえきれなくなったようにはきだした。

「いやなことばっかりです！」

雨の荒野がひろがる窓をさししめした。

「どこかでなにか悪いたくらみが動いているんです。まちがいありません！　ヘンリー卿はロンドンにお帰りになったほうがいいと思います」

「なにをそれほど気にする？」

「チャールズ卿の最期をお考えください。検死官がなんといおうと、あれはひどすぎます。それにあの声。夜の荒野にひびく遠吠えはなんだと思います？　日が暮れてから、このあたりの者で荒野に出ていく者など、ひとりもおりません。それなのに、あそこにはあやしい男がひそんでおります。なにを見張っているのでしょう。それともなにかを待っているのか。待っているとすれば、このバスカビル家に起きる、なにかよからぬことに決まっています。ですから――」

　バリモアは肩を落とした。

「ほんとうはわたしどもは、ヘンリー卿が新しくおかかえになる召し使いに仕事の引きつぎをすませたら、一日も早く、ここを出ていきたいのです」

「そのあやしい男のことは、ほかになにかわからなかったのか。どこにかくれているとか、なにをしていたとか」

「セルデンは、一、二回会ったそうです。得体の知れない男だといっていました。はじめは警官かと思ったのだけれど、なにかをたくらんでいるようなようすだったので、ちがうとわかった、と」

「どこに住んでいるかは？」

「丘の斜面にある家です。大むかしの人間が住んでいた石小屋だとか」

「食べ物はどうしているんだ」

「その男は少年を使っているそうです。セルデンが見たのです。必要なものは少年に運ばせているようだ、といっていました。クーム・トレーシーにいけば、たいていのものは手に入りますから」

「よくわかったよ、バリモア。このことは、また話しあおう」

ひとりになると、ぼくは暗いガラス窓に歩みよった。はげしい風に流される雲や大きくざわめく木々を見やった。家の中にいてさえ、ひどい夜だった。こんな晩に、風雨の吹きつける荒野の石小屋にいるというのは、いったいなんのためなのか。

それは憎しみなのか。うらみなのか。たしかめずにはいられなかった。明日にでも、ぼくは、荒野の石小屋にいこうと決心していた》

11
岩山の男

ここまでは日記の抜き書きで話を進めてきたが、これからはメモなしでも起こったできごとを書き記すことができる。なぜなら翌日からは、つぎつぎと大きなできごとが起こり、おそろしい結末にむかって動きだしたからだ。いまでもその数日間の記憶は、ぼくの心に焼きついている。

翌朝、朝食の席で、ぼくはヘンリー卿にローラ・ライオンズについてわかったことを告げた。昨晩はおそくまでモーティマーとエカルテに興じていたヘンリー卿はねむそうだった。ぼくは、クーム・トレーシーに同行したいという彼を説得し、ひとりでいくことにした。ふたりしてたずねるよりも、ひとりで話したほうが、ローラ・ライオンズの口を開かせやすいと思ったからだった。

クーム・トレーシーに着くと、ぼくは馬丁のパーキンズに馬を休めるように命じ、たずねる女性の家をさがした。それはかんたんに見つかった。

村の中心部に近い、こぎれいな一軒家だった。メイドは気軽にぼくを案内した。居間には、レミントンタイプライターをたたく女性の姿があった。

はじめ知りあいの来訪と思ったのか、笑顔をうかべて立ちあがった女性は、そこに立っているのが未知の人間とわかると、笑顔を消し腰をおろした。

「なんのご用でしょう」

すばらしい美人だった。目と髪は明るい茶で、ほおはそばかすがあるものの、ピンク色にかがやいている。

「お父さんをぞんじあげている者です」

いってからぼくは失敗した、と思った。なにも父親の話から切り出すべきではなかった。

案の定、彼女は不快そうな表情になった。

「父とはもうつきあいがありません。父のお友だちとおっしゃっても、わたしには関係がございません。亡くなられたチャールズ卿やそのほか親切にしてくださった方々がいらっしゃらなければ、父のしてくれたことだけではわたしは飢え死にしていたでしょう」

「じつは、今日うかがったのは、そのチャールズ・バスカビル卿のことなのです」

彼女のほおがわずかに赤らんだ。

「どういうことでしょう」

指先がタイプライターのキーを神経質になぞっている。

「ごぞんじでしたね」

「とても親切にしていただいたと申しあげたはずです。わたしがこうして暮らしていられるのも、あの方がわたしに同情してくださったからです」

「手紙のやりとりはなさいましたか」

ローラ・ライオンズはするどくぼくを見た。茶色い目に怒りがうかんでいる。

「なんのためにそんなことをおききになるのですか」

「よくないうわさが世間にひろがるのをくい止めるためです。いまここでお聞きしておかないと、手に負えなくなるかもしれません」

彼女はだまりこんだ。顔が青ざめ、うつむいてしまった。だがしばらくして顔を上げたときには、ひらきなおったような表情になっていた。

「わかりました。なんでしょう?」

「チャールズ卿と手紙のやりとりはありましたか?」

「たしかに一、二度さしあげました。ご親切のお礼を申しあげる手紙です」

「その日付はおわかりですか」

「いいえ、日付までは」

「お会いになられたことはありますか?」

「あります。一、二回、クーム・トレーシーにおいでになったことがあり、その折にお会いしました。とても控えめな方で、善いことでも人に知られたがらないところがおありでした」

「しかし、ほとんど会われたこともなく、手紙のやりとりもなかった卿が、どうやってあなたのことを知って、力を貸されたのでしょう」

「何人かの方々が、わたしを助けてくださいました。そのなかのおひとり、ステープルトンさんが、チャールズ卿にお話しになってくださったのです。とても親切な方です」

どうやらそれはほんとうのようだった。チャールズ・バスカビル卿がステープルトンを通じて、援助のお金を出していたというのは、ぼくも聞いたことがあった。

「チャールズ卿に、会ってほしいという手紙を書かれたことはありませんか」

ローラ・ライオンズの顔がふたたび怒りで赤らんだ。

「ずいぶん失礼なことをおたずねになりますわね」

「申し訳ありません。しかしどうしてもうかがわなくてはならないのです」

「ではお答えします。一度もございません」

「チャールズ卿が亡くなられた日も、ですか?」

彼女の顔がさっと青ざめた。くちびるが、いいえ、と動いたが、声にならなかった。

「記憶ちがいではありませんか。手紙にはこうあったはずです。『お願いですからこの手紙は燃やしてください。そして十時に門のところへいらしてくださいませ』」

ローラ・ライオンズはその場で倒れるか、とぼくは思った。だがかろうじてもちこたえると、彼女はあえぐようにいった。

「あの方は紳士だと思っていたのに……」

「チャールズ卿を誤解されませんように。たしかに手紙は燃やされたのです。しかし燃えても判読できる部分がのこっていました。手紙を書かれたことをみとめるのですね」

泣きそうな表情になり、彼女はみとめた。

「はい、書きました。もうかくすことも恥じることもありません。たしかに書きました。助けていただきたいと思ったからです。お目にかかれば、助けていただけると信じて、書きました」

「でも、なぜあんな時刻を選んだのです？」

「もう翌日にはロンドンにお出かけになって、何ヵ月ももどられないということがわかったからです。それにあれより早い時間では、わたしのほうがまいれませんでした」

「館でなく庭で会おうとされた理由は？」

「あんな時刻に女がひとりで、独身の男の方のお宅をたずねられるとお思いですか？」

「なるほど。それでいかれて、なにがありました？」

「わたしはまいりませんでした」

「そんな!」

「うそではありません。誓えます。わたしはいきませんでした。いけなくなったのです」

「なぜ」

「それは個人的な理由です。いえません」

「では、こういうことですか」

ぼくはきびしい口調でいった。

「チャールズ卿が亡くなられたあの時刻に、あの場所で会うという約束はしたが、それをあなたのほうが破った」

「そうです。そのとおりです」

「ライオンズさん、もし知ってらっしゃることをすべてお話しにならないと、重大なことになるかもしれません。あなたの名誉にもかかわってきます。警察がのりだしてくれば、これではすみません。それにやましいところがないなら、なぜ最初は、あの日チャールズ卿に手紙を書いたことを否定したのですか」

「誤解されるのがこわかったのです。それこそいやなうわさになるかもしれません」

「手紙を焼き捨てることを、チャールズ卿にたのまれた理由は?」

「お読みになったのなら、ごぞんじでしょう」

「すべて読んだとはいっていません。手紙はじっさいに燃やされていたのです。ぼくが読めたのは追伸の部分だけなのです。ですからおたずねしているのです。なぜ焼き捨てるよう、たのんだのです？」

「それはだから個人的な問題です」

「話されたほうが、あなた自身のためです」

彼女はほっと息をはいた。

「ではお話しします。わたしの身の上についてごぞんじですか」

「ええ」

「結婚に失敗し、ひどく後悔したことも？」

ぼくはうなずいた。

「わたしの生活は、夫にいじめられつづける毎日でした。法律は夫に有利にできています。ですから、いつまた夫に復縁をせまられるかと、毎日びくびくして暮らしているんです。チャールズ卿にお手紙をさしあげたのは、あるていどお金を払えば、夫から自由になれるとわかったからです。心のやすらぎや人間としての誇りをとりもどしたかったのです。チャールズ卿はなさけ深い方ですから、お話しすればわかってくださると思っていました」

「ではなぜ、会いにいかなかったのです」

「手紙を出したあと、べつの方が援助してくださることになったのです」

「ならばどうしてそのことを手紙で知らせなかったのですか」

「あくる日の新聞で、あの方が亡くなられたことを知りました。もう、手紙を書く必要もない、と……」

つじつまは合っている。そのことばがうそか真実かをたしかめるには、彼女が夫に対し、離婚訴訟を起こしているかどうかをしらべるほかない。

じっさい、バスカビル館にいっていながら、いかなかったといいはるのは、あまり考えられないことだった。二輪馬車を使わねばならないし、そのあとでクーム・トレーシーにもどってきたとしたら早朝になってしまっただろう。そんな移動がこっそりできるはずはない。

少なくとも彼女は、真実の一部を話してはいる。

壁だった。なにかがあるはずだ。彼女がけっして話そうとしない秘密があることはまちがいない。

しかし一応つじつまの通る話を聞きだした以上、ここは引きあげるほかなかった。

ぼくはローラ・ライオンズの家をあとにすると、馬車で荒野の石小屋の方角へむかうことにした。

バリモアの話では、あやしい人物は石小屋にかくれているという。しかし荒野に散らばった石小屋の数は数百にもなる。そのどれにかくれているというのか。

ぼくがまずめざしたのは、月下にあの男を目撃した岩山だった。あの近くの石小屋を一つずつしらみつぶしに当たっていくほかはない。

もし男を発見したら、場合によってはピストルを突きつけてでも、その正体や目的を聞きだすつもりだった。

ロンドンのリージェント街なら人ごみに逃げこむこともできるだろうが、この荒野ではそうはいかない。またかくれている石小屋を見つけ、そこが無人だったら、その男が帰るまで、待ちかまえてやる。

ホームズがつかまえそこねた男を、うまくつかまえられたとなれば、ぼくも鼻が高い。

馬車はちょうど、フランクランド氏の庭園の前にさしかかっていた。そこに灰色のほおひげ、赤ら顔の老人が立っているのが見えた。ほかならぬフランクランド氏だった。

「こんにちは、ワトスン先生」

老人はひどく機嫌がいい。

「馬を休ませて寄っていきませんか。お祝いにワインを一杯やりたい気分なんですよ」

娘への仕打ちを考えると、この老人への好意はうすれていたが、パーキンズと馬車をさきに館に帰してやるチャンスだった。

ぼくは馬車をおり、夕食までには歩いて帰る、とパーキンズに告げた。そしてフランクランド氏の案内で、食堂に通された。

「きょうは、わが生涯最良の日ですわい、ワトスン先生」

彼はくっくっと笑いながらいった。

「二件の裁判の両方で、みごとに勝訴したんです。このあたりのやつらは、法律は法律だということと、訴訟なんか屁《へ》でもないと思っている男がいることを、思い知ったでしょうよ。ミドルトンの屋敷の真ん中で、それも玄関のところの通行権をものにしたのですぞ。どうです？　市民の権利をうばおうたって、そうはいかない。お偉方も骨身にしみたにちがいなかろうて。

　それにですぞ、ファーンワージのやつらがしょっちゅうピクニックにくる森を立ち入り禁止にしてやったんです。あのあたりのやつらときたら、土地所有権のことをなんにも考えちゃおらん。かってに出入りしちゃあ、ごみくずやら瓶を捨てていきおった。ざまをみろ、ですわ。二件ともわしの勝ちでした。ジョン・モーランドが、自分とこの養兎場で鉄砲をぶっぱなしたのを、近所迷惑だとうったえて勝ったことがあるが、あれ以来のことですわ」

「いったいどういう訴訟だったのです？」

「この書類を読みゃわかります。一読の価値はありますぞ。モーランド訴訟の一件です。二百ポンド（約四百八十万円）はかかったが、やっただけのことはありましたわい」

「それでなにか得をしたんですか」

「なんにも。なんにもありゃしませんわ。わしは自分の利益のために裁判を起こしたことなどありませんわ。これは市民の義務だと信じてやっておるんです。今晩あたり、ファーンワージのやつらは、わしの人形を火あぶりにするでしょうな。このまえのときは、そんなまねはやめさせるように、警察にねじこんでやりました。ところが州警察の連中ときたら、なんの役にもたたんかった。こんどは、警察もちゃんとやらんと後悔するでしょうな」

「ほう。それはまた、なぜです？」

老人はもったいぶった表情になった。

「連中が知りたくてたまらんことをわしが知っとるからですよ。もっとも、進んで教えてやろうとは、これっぽっちも思いませんがね」

この家を逃げだす口実をさっきからさがしていたぼくだったが、急に興味がわいてきた。だがそんなそぶりを見せれば、へそ曲がりの老人のことだ。かえって口をつぐんでしまいかねない。

「密猟事件でも見たんですか」

ぼくはさもどうでもいいような口ぶりでいった。

「はっはっは。お若いの、もうちょっと重大ですぞ。荒野に逃げこんだ囚人のことは知っておられるだろうが」

「どこにいるのか知っているのですか」

ぼくはびっくりしてたずねた。

「はっきりした場所は知らんですがね。警察に手を貸すことくらいはできる。やつがどうやって食べ物を手に入れてるかを突き止めりゃわかろうってものです」

「なるほど。でもどこにいるかまではなかなかわからないでしょう」

「ですがね、この目で食べ物を運んでやっとる者を見たんですわ」

ぼくはバリモアに同情した。よりにもよって、とんでもない人物に目撃されたものだ。

「驚きなさるな。食べ物を運んでおるのは子どもなんです。屋根の上の望遠鏡で、毎日、わしは見ておる。その子は、同じ時間に同じ道を通っておる。脱獄囚のところへ通っているに決まっとりますわ」

しめた、と思った。バリモアのいっていた話とも符合する。フランクランド氏が見つけたのは、セルデンではなく、もうひとりのあやしい男の手がかりだ。

「ひつじ飼いが、子どもに弁当でも運ばせているのじゃありませんか」

老人はかっとした。

「いいかな！」

灰色のひげを逆立て、きっとなって荒野を窓から指さした。

「あそこに黒岩山が見えるじゃろう。そのむこうにいばらのしげった丘があるな？ あのあたりは荒野でもいちばん石の多いところじゃ。あんな場所に、ひつじ飼いがひつじを放すわけがなかろうが。ばかげたことをいいなさんな！」

「それはそれは。事情も知らないよそ者がつまらないことをいいました。申し訳ない」

すなおにあやまると、老人は気をよくした。

「わしがこんなことをいうのも、たしかな証拠があるからですわい。日に一度、いや多いときは二度、荷物をかついだ子どもを見ておる。わしは——おや、ちょっと待ってくださいよ。ワトスン先生、いま、あの斜面でなにか動いとりゃせんですか?」

何マイルもはなれてはいるが、たしかにくすんだ緑と灰色の斜面に、ぽつんと動く、小さな黒い点があった。

「ほら、こっちへきなされ!」

フランクランド氏は階段を駆けあがった。

「自分の目で見てみるといい」

トタンをしいたたいらな屋根に、三脚つきのりっぱな望遠鏡がすえつけられていた。老人はのぞきこむとさけび声をあげた。

「さ、早く! いそがんと見えなくなってしまう!」

ぼくは望遠鏡に目を当てた。小さな荷物をかついだ少年がたしかに見えた。ぼろを着て、丘を登っていく姿だった。頂上に立つと、用心深くあたりを見まわし、そして丘の反対側に消えていった。

「どうじゃ。わしのいったとおりだったでしょうが」

「おっしゃるとおり。こっそり使いをしているようです」

「いなかのおまわりだって、あれを見りゃ、なにをしとるか見当がつこうってものだ。だが、教えちゃやらん。ワトスン先生、あんたもしゃべっちゃいかんぞ！　いいですな」

「そうしましょう」

老人がさらに飲んでいけ、というのをふりきり、ぼくは出ていくことにした。老人が見送っているうちは街道を歩き、その目がとどかなくなると、荒野へとむかった。これをのがすわけにはいかない。丘の頂上にたっしたときは、すでに日はかたむきかけていたが、ぼくはいくつもりだった。

斜面の片側は夕日を受けて金色にかがやき、反対側は灰色の影にしずんでいる。動くものはなにもなく、ただ一羽の大きな鳥が頭上を舞っているだけだ。

あたりにはまったく人けがない。眼下にひろがる丘の谷間に、古代の石小屋が輪のように散らばっている。

そのなかに一軒、風雨をしのげるような屋根ののこった小屋があった。

あれだ。あれにちがいない。ぼくの心は躍った。あそここそ、謎の男がひそむかくれ家にちがいない。

ぼくはそっと石小屋に近づいていった。岩と岩のあいだにはかすかに道らしきものがあり、出入り口らしき穴につづいている。

中からは物音ひとつしない。ぼくは手にしていたたばこを捨て、ピストルを引き抜いた。

出入り口にすばやく近づくと、中をさっとのぞきこんだ。

だれもいなかった。だが、たしかにそこには人の暮らしている気配があった。石の床の上には、何枚かの毛布が防水布にくるまれて置かれ、火を燃やしたあとの灰が火床にはもりあがっている。そばには水の入ったバケツや空き缶もあった。

内部の暗がりに目が慣れてくると、石小屋のすみに、飲みかけの酒瓶と小皿が置かれているのも見えた。さらに中央部には、テーブルがわりになるたいらな石があり、小さな包みがのっている。

ぼくはその布の包みを開いた。望遠鏡で見た少年が背負っていたものだ。包みの中身は、パンのかたまり、牛タンの缶詰一個に桃の缶詰が二個だった。

包みをもどそうとしたとき、下に置かれた紙切れに気づいた。鉛筆の走り書きがある。

「ワトスン医師はクーム・トレーシーに出かけた」

ぼくは身動きができなくなった。謎の男がつけまわしていたのは、ヘンリー卿ではなく、このぼくだというのか。男は手下の少年を使い、ぼくをつけさせた。これはその報告だ。

こちらにきてからというもの、ぼくがずっと感じていた不安感、監視されているという圧迫感の正体はこれだったのだ。

ぼくはほかの報告書をさがし、石小屋の中をしらべてまわった。だがそれらしいものはもう見つからなかった。

かわりにわかったのは、ここで暮らしている男は、スパルタ式の習慣をもち、快適さなどもとめてはいない、ということだった。よほど意志が強くなければ、このすきまだらけの石小屋の中で暮らしてなどいられない。

ぼくはこの男の帰りを待つことにした。

太陽はさらにしずみ、西の空を赤と金色に染めている。グリンペンに点在する小さな沼は夕日を受け、さながら血の池のようだった。バスカビル館の二本の塔も見え、遠くたなびく煙はグリンペン村のものだ。

小屋のかたわらから見おろすあたりのけしきは美しく、平和ですらあった。だがここにもどってくる男を待つ、ぼくの心は緊張に満ちていた。逃げだすことなど考えられない。

小屋の中にもどり、暗いすみに腰をおろして待った。

やがてブーツが石を蹴る小さな音が聞こえた。足音は一歩一歩、近づいてくる。ぼくはさらに暗いすみへと身をひそめ、ポケットの中のピストルをにぎりしめた。

ふと足音が止まった。男は入り口のところで立ち止まったようだ。

「ワトスン、きれいな夕焼けだ。中よりもこっちのほうがずっと気持ちがいいぜ」

聞きなれた、なつかしい声がいった。

12 荒野の死

その瞬間、ぼくは息が止まった。自分の耳が信じられない。ようやく我にかえったとき、のしかかるような緊張は消え、うれしさでいっぱいになっていた。

「ホームズ！　ホームズなんだ！」

「出てこいよ。ただし、ピストルには気をつけてくれよ」

身をかがめてそとに出ると、ホームズが石に腰をおろしていた。驚いたぼくの顔を、楽しげに見ている。すこしやせていたが、日焼けした顔にはするどさがあり、ひげもきれいにそって、ツイードの服はロンドンにいるときのように、しわひとつない。

「きみに会えて、こんなにうれしいとは！」

ぼくはホームズの手をにぎった。

「こんなにびっくりした、じゃないのかい」

「それもある」

「びっくりしたのは、ぼくも同じだ。きみがこのかくれ家を見つけるとはね。入り口から二十歩のところにくるまで、きみが中にいるとは気がつきもしなかった」

「足あとでわかったのかい」

「そうじゃない。世界じゅうの足あとのなかからきみの足あとだけを見分ける自信なんて、ぼくにもない。たばこさ。オックスフォード街のブラッドリー印の吸いがらを見つけたんで、きみがここにいるとわかったんだ。この石小屋に入るときに捨てたのだろう」

「そのとおりだ」

「ねばり強いきみのことだから、きっと武器を手にして住人がもどってくるのを待ちぶせしているだろうと思った。で、きみはほんとうにここにいるのが犯罪者だと考えていたのかい？」

「だれだかわからないけど、見届けてやろうと思ったんだ」

「さすがだ、ワトスン。でもどうやってここを見つけた？　脱獄囚を追った晩かな？　うっかり、うしろに月が出ているのに気づかなかった」

「ああ。そのときにきみを見た」

「だから石小屋をしらみつぶしにあたった？」

「いや、使いの少年が監視されていたのさ」

「そうか、あの望遠鏡の老人か。最初にレンズが光を反射しているのを見たとき、なんだろうとは思ったんだ」

　ホームズは立ちあがり、小屋の中をのぞいた。

「やあ、カートライトが食べ物を持ってきてくれたんだ。この紙はなんだ？　ほう、きみはクーム・トレーシーにいったんだ」

「そうだよ」

「ローラ・ライオンズ夫人に会いに？」

「そのとおり」

「よくやったな。ぼくたちはべつべつの方向から、同じ捜査をしていたことになる。ふたりの結果を突き合わせれば、かなりいろいろなことがわかるぞ」

　ホームズはうれしそうに手をこすりあわせた。ぼくはいった。

「正直、まいりかけていたんだ。だからきみがきてくれて助かった。それにしても、どうやってきたんだ？　てっきりベーカー街で恐喝事件の捜査に追われているとばかり思ってた」

「そう思わせておきたかったのさ」

「じゃ、ぼくはおとりだったのか？　ぼくにこさせておいて、信用してなかったのだな」

　ぼくはむっとしていった。

「そうじゃない、きみはじつによくやってる。だましたわけでもない。もしそう思っているのなら、あやまる。でもこんなまねをしたのは、きみのためでもあったんだ。こちらにきたのは、きみが危険だと判断したからなのさ。それにもしぼくがきみやヘンリー卿といっしょだったら、事件を同じような見かたしかできなかったろうし、敵も用心してしっぽをつかませなかったろう」

「でもなぜ、ぼくにだけは教えてくれなかったんだ?」

「うちあけたとしてもどうしようもないし、こちらが見つかってしまう可能性もあった。きみはぼくと話したくなるだろうし、親切心からなにかとどけようとするかもしれない。そうなれば、ふたりとも危険をまねく。こっちへは、メッセンジャー会社のカートライトをつれてきた。食べ物とか着替えをとどけてもらいにね。ずいぶん役にたってくれてる」

「じゃ、ぼくの報告は無意味だったんだ!」

ぼくはがっくりして、いった。ホームズは首をふり、ポケットから手紙のたばをとりだした。

「ここにある。ほら、何度も読みかえしたんで、手あかがついてるほどさ。手配をしておいたので、手紙は一日遅れるだけでこちらにとどいたのさ。この異常な難事件をよくここまでしらべたものだと感心したよ」

ぼくはすこし気持ちがやわらいだ。ホームズのいうとおりかもしれない。荒野に彼がきているのを知らなくて正解だった。ぼくの顔が明るくなるのを見て、ホームズはにっこりした。

「よかった。ところでローラ・ライオンズに会ってみてどうだった？　きみがいかなかったら、明日にでもぼくがいっていたかもしれない」

「話は中でしよう。日が落ちて寒くなってきた」

ぼくたちは石小屋の中の暗がりですわり、話をした。ホームズはひどく興味をしめし、ぼくに同じ話を二度くりかえさせた。

「重大なことがわかったよ。この複雑な事件のなかで、欠けていたピースがぴったりとはまったようだ。ライオンズ夫人とステープルトンは、ごく親しい関係だな」

「それは気がつかなかったけど――」

「疑問の余地はない。会って話したり、手紙のやりとりなどで、ふたりは意思が通じあっている。よし、強力な武器が手に入ったぞ。これで、あの男の妻を引きはなせれば――」

「妻？」

「こんどはこちらが情報を提供しよう。ここでステープルトンの妹ということになっているあの女性は、じつは妻なんだ」

「そんなばかな！」

ぼくは思わずさけんでいた。

「だったらなぜ、ヘンリー卿が彼女に恋をするのをだまって見ていたんだ」

「傷つくのはヘンリー卿だけだからさ。それに、ことあるごとにあの男が目を光らせていると書いてきたのは、きみじゃないか。彼女はステープルトンの妹なんかじゃない。妻なんだ」

ホームズはきっぱりといった。

「でもなんのために、そんなうそをつかなきゃならないんだ」

「そのほうがつごうがよかった。彼女を独身にしておくことで利用できると思ったのさ」

ぼくは息をはいた。なんとなく奇妙なものを感じていたあの男の、ほんとうの姿が見えた思いだった。一見平凡そうで、血色の悪い博物学者の内側には、ずるがしこく、がまん強い本性がひそんでいる。

「じゃ、ロンドンでぼくたちを尾行したのも、あの男なのか」

「ぼくはそう考えている」

「するとあの警告の手紙は……、そうか！　彼女のしわざだったのか」

「そのとおりさ」

なにかがうかびあがってくる。自分をとり巻いていた悪夢のような闇のなかから、ぼんやりと犯罪の姿がうかびあがってきた。

「しかし、たしかなんだろうな、ホームズ。どうして妻だとわかった？」

「あの男ははじめてきみに会ったとき、うかつにも自分のほんとうの経歴の一部を話してしまった。以前、イングランド北部で校長をしていたことがある、と。教師ほどしらべやすい職業はないことに気づかなかったのだろう。教師職業紹介所というものが各地にある。そこには一度教師になった者の経歴がのこっているんだ。そのうえ、ある学校が問題のある理由でつぶれている。しらべてみればすぐわかることさ。経営者は、名まえこそちがっていたものの、夫婦で姿をくらましていた。しかも夫は昆虫学者だった」

ホームズはこともなげにいった。

「だったらローラ・ライオンズはどう関係してくるんだ」

「彼女はステープルトンを独身だと思いこんでいる。妻になれると信じて利用されたんだ。きみの捜査のおかげで判明したことだ」

「もしだまされていたと知ったら、どうするだろう」

「そこさ。きっとこちらの味方になる。明日、ふたりでたずねてみよう。さて、ワトスン、きみはそろそろバスカビル館にもどったほうがいい」

荒野は夜につつまれていた。入り口からのぞく紫の空に、星がまたたきはじめている。

「あと一つ」

ぼくは立ちあがり、いった。

「ステープルトンはなにをたくらんでる?」

「殺人だ」

ホームズは重々しくいった。

「綿密に計画をたてた、冷酷な殺人さ。いまはまだ細かいことはいえないが、やつはヘンリー卿にかけた網をたぐろうとしている。そしてぼくもやつに網をかけた。やつはもう、じつは身動きがとれなくなっている。ただ一つ心配なのは、こちらの準備がととのうまで、せめてあと一日は必要なのだが、そのまえにやつが行動を起こしてしまうことだ。だからきみにはしっかりヘンリー卿を――」

そのときおそろしい悲鳴があがった。恐怖と苦痛に満ちたさけびが、荒野にひびきわたった。

「なんだ、あれは――」

ぼくは息をのんだ。ホームズはすばやく石小屋の入り口に走り寄ると、そとに顔を突き出し、あたりをうかがった。

さけび声は大きいゆえにひびいたのだが、じっさいははなれた場所であがっていた。

「どこだ」

ホームズは低い声でいった。さすがにその声にもふるえがまじっている。

「あっちらしいな」

ぼくは闇を指さした。

「いや、ちがう。こっちだ」

さらに苦痛に満ちた悲鳴が闇を引き裂いた。近づき、大きくなっているように感じる。そして、その悲鳴におおいかぶさるように、うめきともうなりともつかない、獣の声がかさなった。血の凍る思いをぼくは味わった。

「犬だ！　いくぞワトスン、いそげ！」

ホームズはものすごい速さで走りだした。ぼくもあとを追った。断末魔の悲鳴があがった。すぐ前方の、でこぼことした荒野のどこかだ。そして、ドサッという重いものが倒れる音がつづいた。

ぼくたちは立ち止まった。風のない夜で、もうなにも物音は聞こえない。

「やられた！」

ホームズはくやしげに地面を蹴った。

「そんなばかな」

「失敗した。慎重になりすぎていたんだ。ワトスン、きみも持ち場をはなれるべきじゃなかった。だが、かならず報いは受けさせてやるぞ！」

ホームズはふたたび走りだした。ぼくたちはありえにしだのしげみを突っ切り、ひたすら斜面を駆け上った。小高い位置に立つと、ホームズはあたりを見まわし、また走りだす。闇のなかにうごめくものの気配はない。

「なにか見えるか」

息を切らせながらホームズはたずねた。

「いや」

「待った、なにか聞こえる」

ぼくたちはもう一度立ち止まった。低いうなり声が耳にとびこんできた。左の方角からだった。

岩がむきだしになったがけだった。その斜面に、羽をひろげた鳥のようなかっこうで、黒いものが横たわっていた。ぼくたちは斜面をおり、近づいていった。

うつぶせに男が倒れている。首が妙な角度で折れ、からだの下じきになっていた。まるでとんぼがえりをしている途中のような姿だ。

かがみこんでみたが、男はぴくりとも動かず、声も出していなかった。ホームズはかかえ起こそうとして、さけび声をあげた。マッチをする。その明かりに、血まみれの手や、くだけた頭から流れ出た血だまりがうかびあがった。

そして、ぼくたちは息をのんだ。死体が着ているのは、赤みがかったツイードのスーツだった。ベーカー街ではじめて会ったときにヘンリー卿が着ていたものだ。

マッチの火が消えた。ホームズがうめいた。

「なんてことだ!」

ぼくはこぶしをにぎりしめ、さけんだ。

「ホームズ！　ヘンリー卿をこんなめにあわせてしまって。ぼくの責任だ！」

「悪いのはぼくのほうさ、ワトスン」

　答えるホームズの声は重かった。

「事件をあざやかに解決したいばっかりに、依頼人を犠牲にしてしまった……。だが、なぜだ!?　なぜあんなに警告しておいたのに、ひとりで荒野にきたんだ」

「ホームズ、いまはそんなことより、犬だ。彼を追いつめて殺した犬は、まだ近くにいるはずだ。ステープルトンも、もしかすると――。かたきをとらなきゃ」

「もちろんだ。伯父と甥の両方が殺されたんだ。伯父は魔界の怪物だと思って、恐怖のあまり心臓麻痺を起こした。甥はそれから逃げようとしてがけから落ちた。だが犬をつかまえないかぎり、それは立証できない」

　やがて月が昇った。その光を浴び銀色にかがやきはじめた岩のあいだに、死体は横たわっていた。苦痛にねじまがった手足を目のあたりにして、ぼくは胸がつまり、涙で目がくもった。

「だれかを呼ぼう。ふたりでは館まで運べない」

　ぼくがいったとき、ふいにホームズは死体にかがみこみ、さけび声をあげた。

「どうした？」

「ひげだ！　ワトスン、この男にはひげがある！」

だ。

「これはヘンリー卿じゃない！　そうだ、脱獄囚だ！　荒野の隣人だった――」

ホームズは死体をあおむけにした。たしかに血に染まったあごひげがあった。突き出たひたい、落ちくぼんだ目には、ぼくも見おぼえがある。ろうそくの炎ごしに見た、セルデンだ。

「なんだって!?」

そのとき、ぼくは気がついた。ヘンリー卿は古い洋服をバリモアにやったと話していた。バリモアがそれを義弟にまわしたのだ。逃亡を助けるためだろう。靴もシャツも帽子もすべて、ヘンリー卿のものだった。

「それじゃこの服のために、この男は死んだんだ」

ホームズは感慨深げにつぶやいた。

「犬がヘンリー卿のにおいをかがされていたのはまちがいない。ホテルで消えた靴の一件をおぼえているだろう。だから犬は、この男を追いかけたんだ。しかし一つだけわからないことがある。なぜセルデンはこの闇のなか、犬に追われているとわかったのだろう。あのときはまだ月が出ていなかったはずなのに」

「声を聞いたのじゃないか」

「荒野で犬の声を聞いたくらいで、この残忍な脱獄囚が、あれほどの恐怖にはかられないだろう。つかまる危険すらおかして、悲鳴をあげていた。しかも、走って逃げていたんだ」

「わからない。それになぜ、今夜にかぎって、犬を放していたんだろう。いつも荒野に放していたわけじゃない。ヘンリー卿が荒野にいると考えなければ、ステープルトンだって放すわけがない」

「それについては答えはある。だがぼくの疑問はかなりやっかいだ。さしあたって、このあわれな男の死体をどうするかだ。ほうっておけば、鳥や獣に食べられてしまう」

「どこかの石小屋に運びこんで、警察を呼ぼう」

「それがいいな。それくらいなら、ふたりで運べる。おや――」

ホームズはことばを切った。荒野を近づいてくる人影に気づいたのだった。葉巻の赤い火がかすかに見えた。

「大胆なやつだ」

ホームズはつぶやいた。小柄なからだつき、その歩きかたは、ステープルトンだった。

「あやしまれるようなことはひとこともいっちゃいけない。さもないと計画が台なしだ」

ホームズは低い声でいった。ステープルトンはぼくたちに気づき、足を止めたところだった。

「おや、ワトスンさんじゃないですか。こんな夜中に、それもこんな場所でなにをしているんです？　だれかけがをしているのですか？　まさかヘンリー卿じゃないでしょうね」

ステープルトンはぼくのわきをすりぬけて、死体にかがみこんだ。息をのむ音がして、その手から葉巻が落ちた。

「だ、だれなんです、こいつは……」

「セルデンです。プリンスタウン刑務所から脱走した」

ステープルトンは真っ青な顔でこちらをふりむいた。

「なんというおそろしいことだ。なぜ死んだのです?」

失望の色をけんめいにかくしている。

「あそこのがけから落ちて、首を折ったのでしょう。ぼくたちはこのあたりを歩いていて悲鳴を聞いたのです」

「わたしも悲鳴を聞きました。だからきたのです。ヘンリー卿のことが心配になって」

「なぜヘンリー卿のことが心配なのです?」

ぼくは思わずたずねていた。

「今晩、わが家にご招待していたのです。なのに、おみえにならないのでおかしいと思って。そのうえ悲鳴が聞こえたので……。ほかになにか聞きませんでしたか?」

ステープルトンはホームズにむきなおった。

「いいえ。あなたは?」

ホームズはききかえした。

「わたしもです」

「じゃなぜ、そんなことをおききになるのです？」

「このあたりの農家の者がうわさしている魔犬の話はごぞんじでしょう。夜の荒野で吠えるのだそうです。なにかそんな声をお聞きにならなかったかと思って――」

「いえ、なにも聞きませんでしたね」

ぼくはいった。

「ではなぜこの男は死んだのかな」

「追われている不安や、この荒野での孤独で気がへんになったのかもしれません。それで走りまわっているうちに、あやまってがけから転落してしまった」

「なるほど、すじの通った考えかたです」

ステープルトンはほっとしたようにいうと、ホームズを見た。

「シャーロック・ホームズさんもそうお考えですか」

ホームズは一礼した。

「よく、ぼくだとおわかりですね」

「ワトスンさんがいらして以来、みな、あなたのおいでを待っていたんです。それがいきなり、この悲劇だ」

「そうですね。ぼくもワトスンの推理に賛成です。明日はロンドンにもどります」

「おや、もう？」

「ではなにか手がかりをつかまれた?」

「ええ」

ホームズは肩をすくめた。

「いつもねらいどおりにいくとはかぎりません。調査に必要なのは、事実であって、うわさや伝説じゃありません。その点でこれは奇妙な事件でした」

ホームズは淡々といった。ステープルトンはその顔をじっと見つめていたが、ぼくにむきなおった。

「この男をわが家に運んでやりたいところですが、妹がふるえあがるかもしれない。顔になにかをかけ、朝まで置いておきましょう」

そうすることにした。ステープルトンは家に寄るようにすすめたが、ぼくたちはことわってバスカビル館にむかった。

途中ふりかえると、広い荒野を歩いていくそのうしろ姿が見えた。手前の、月の光を受けた銀色の斜面には、黒っぽいしみのように死体が横たわっている。

「ついに鉢合わせをしたな」

ホームズはいった。

「ずぶといやつだ。わなにかけたのが別人とわかって、ふつうならあわてるところなのに、みごとに立ちなおってみせた。ロンドンでもいったが、じつに手ごわい敵だ」

「きみがいることを知られてしまったのは、まずかったかもしれない」

「ぼくもはじめはそう思った。だがぼくからなにも聞きだせたわけじゃない」

「きみがきてると知って計画を変えないだろうか」

「用心をするか、それともあわてて死にものぐるいの行動にうつるか。ただ頭のいい犯罪者ほど、自分の知恵におぼれる傾向にある。彼はぼくたちをうまくだませたと思っているかもしれない」

「すぐにつかまえなくていいのか」

「きみは行動派だな。今夜、もしあの男を逮捕したとしよう。だが証拠は？　あの男には手下もいない。たとえ犬をつかまえたとしても、飼い主の首をくくるロープにはならない」

「でも犯罪はおこなわれた」

「証拠がない。あるのは推測だけだ」

　ホームズは首をふった。

「チャールズ卿が死んでるじゃないか」

「外傷はまったくなかった。きみもぼくも、彼が恐怖のあまり心臓麻痺を起こしたと知っている。その恐怖の原因も知っている。でもそれだけじゃ裁判官を納得させることはできない。犬がそこにいたという証拠は？　かみついた牙のあともない。犬は死体にはかみつかないものだ。チャールズ卿は犬にとびつかれるまえに死んでいたんだ。ぼくらはそれを立証できるか？　できない」

「じゃ、今夜のことは？」

「似たようなものさ。脱獄囚は死んだが、犬がかみ殺したわけじゃない。ぼくらは声しか聞いてないんだ。犬が男を追いかけまわしていたとは証明できないのさ。動機も不明だ。いまのところ、犯罪がおこなわれたという証拠はなにもない。それをつかむために、これから苦労しなくちゃならない」

「どうするんだ？」

「まずローラ・ライオンズさ。打つ手はある。なんとか明日じゅうには解決したいね」

ホームズはそれ以上なにもいわずに歩きつづけた。やがてバスカビル館の門のところまでくると、ぼくはいった。

「いっしょにくるだろう？」

「ああ。もうかくれている必要はないからね。でも、ひとことだけいっておく、ワトスン。犬のことはヘンリー卿にはだまっておくんだ。セルデンの死については、ステープルトンにした話で押し通そう。そのほうが、明日、なにかあっても、ヘンリー卿は落ちついていられるはずだ。たしかきみの報告では、彼は、明日もあの男の家に夕食にまねかれていたね」

「ああ。ぼくもだ」

「それならなんとか理由をつけて、ヘンリー卿をひとりでいかせるんだ。さて、この時間じや夕食にはおそいだろうが、なにか夜食くらいにはありつけるだろう」

13　網を張る

ヘンリー卿はホームズの顔を見ると、驚くよりもよろこんだ。この数日間のさまざまなできごとに、ホームズがロンドンからくるのを待っていたのだろう。ただ、ホームズが荷物を持っていないことには、ふしぎそうだった。

ぼくたちは夜食のまえに、セルデンの死をバリモア夫婦に告げた。バリモアは内心ほっとしたようすだったが、イライザのほうはエプロンで顔をおおってはげしく泣いた。たとえ世の中には狂暴な凶悪犯で通っていた男でも、その死にこうして涙してくれる女性がいるということは、わずかながら救いだった。

夜食の席では、あらかじめ話すと決めてあったことだけを、ヘンリー卿に告げた。

「今朝、ワトスンさんが出かけられてからは、ずっと家にいました。ほめてもらいたいくらいです。ステープルトンさんから遊びにこないかと使いがきたのですが、ひとりでは出歩かない、という約束を守りましたよ。楽しい夜になったかもしれないのに」

ヘンリー卿がいうと、ホームズはそっけなくうなずいた。

「たしかに楽しい夜になったでしょうね。でも、首を折ったあなたに、ぼくたちが涙にくれるなんて姿は、お気に入るとは思えない」

ヘンリー卿は目を丸くした。

「それはいったい、どういうことです？」

「かわいそうに、セルデンはあなたの服を着ていました。服をやった召し使いは、警察にしらべられるかもしれません」

「そんなことはないでしょう。ぼくのものだというマークはついていなかったはずです。ところで事件のほうはいかがです。なにか手がかりは見つかりましたか」

「じき、くわしいご説明ができると思います。調査にはひじょうに手こずりましたし、まだいくつか不明な点ものこっていますが、あとすこしで解決します」

「ワトスンさんからお聞きになったでしょうが、わたしたちは奇妙な経験をしました。荒野で犬の声を聞いたのです。アメリカにいたころに犬を飼っていたので、すぐにわかりました。あなたがもしあの犬をつかまえたら、歴史にのこる名探偵になる」

「協力さえしていただければ、ちゃんと口輪をかけ、鎖につないでみせます」

「なんなりといってください」

「ありがたい。ではお願いです。これからもし、なにかをぼくがたのんだら、そのわけはきかずに、いうとおりにしていただけますか？」

「わかりました」

ホームズはほほえんだ。

「そうしていただければ、あとわずかで問題は解決します。ぼくは――」

ふいにホームズは口をつぐみ、むかいにすわるぼくの頭上を見つめた。

「どうしたんです？」

ぼくとヘンリー卿は同時にたずねた。

ホームズが目を前にもどしたとき、興奮をおさえようとしているのがわかった。冷静をよそおっているが、目には明るいよろこびがあった。

「失礼しました。つい見とれてしまって」

ホームズは正面の壁にずらりとならんだ肖像画をしめしていった。

「ワトスンは、ぼくには美術を見る目がないというのですが、それは考えちがいです。単に見ているところがちがうだけなんです。それにしてもみごとな肖像画がそろっていますね」

「そういっていただけると、うれしいですな」

ヘンリー卿はホームズを見た。

「すぐれた絵は見ればわかります。すばらしい作品だ。あちらの青い服を着ている女性の絵はネラーの作でしょう。このかつらをつけた太った紳士は、レナルズの作品にちがいない。すべて、ご一族の肖像画ですか」

「そうです」

「名まえはおわかりですか」

「一応は、バリモアから教わりました」

「望遠鏡を手にしているのはだれです？」

「バスカビル海軍少将です。西インド諸島でロドニー提督の下にいました。巻物を持った青い上着の人物は、ウィリアム・バスカビル卿、下院の議長をつとめた方です」

「ぼくのむかいの騎士は？ レースのついた黒いビロードの服を着た」

「あれこそ、知っておくべき人物です。すべての不幸の原因となったヒューゴー・バスカビルです。伝説は彼からはじまった……」

ぼくもその絵に見入った。

「なるほど。一見、もの静かそうな人物だ。意外でした。もっと悪漢らしい顔をしているかと思ったのに。ただ、目には悪魔じみた光がある、たしかに」

「ヒューゴーの肖像画です。うらに名まえと一六七四年という日付が入っています」

ホームズはうなずくと、ふたたび悪名高い、バスカビルの先祖の絵に見入っていた。

やがてヘンリー卿が部屋に引きとると、ホームズはろうそくを手に、その肖像画を照らしだした。

「なにか気がつかないか、ワトスン」

羽根かざりのついたつばの広い帽子、肩まである巻き毛、白いレースのえり。うすいくちびると冷ややかな目は、どこか人を寄せつけない険しさがある。

「だれかに似ていると思わないか」

ホームズはたずねた。

「あごの線はヘンリー卿に似ているかな」

「なるほど。ではこうしたら？」

ホームズはいすに上がり、左手のろうそくをかざしながら、右手で帽子と巻き毛をかくしてみせた。

「それは!?」

ぼくは思わずさけんだ。キャンバスにあるのは、ステープルトンの顔だった。

「やっとわかったようだね。ぼくは、付属しているものにまどわされず、顔の造作だけを見るように訓練を積んでいる。変装を見抜く基本だ」

「それにしても驚いたな。ステープルトンの肖像画といってもいいほどだ」

「そうだね。遺伝のいたずらといっていいだろう。心にも身体にもあらわれた先祖がえりだ。あの男はバスカビル家のひとりだ、まちがいなくね」

「そうか。財産の相続をねらっていたのか」

「そのとおり。この絵のおかげで、欠けていた重大なピースが見つかった。しっぽをつかんだぞ。ワトスン、明日の夜には、あいつは蝶のように網の中に入っている。ピンでコルクにとめて、カードをつけ、ベーカー街の標本にくわえてやろうじゃないか」

　その絵の前をはなれると、ホームズは大声で笑いだした。彼がとつぜん大笑いをすることなど、めったにない。そしてそんなときは決まって、悪人が不運に見舞われるのだった。

　あくる朝、ぼくは早くに目をさました。だがホームズのほうがもっと早かった。着替えをしていると、表からもどってくるホームズの姿が窓ごしに見えた。

「今日はいそがしくなるぞ」

　うれしそうに両手をこすりあわせ、ホームズはいった。

「網は張った。あとは引きよせるだけだ。今日じゅうには歯のするどい大きなかますがかかったか、網の目をくぐって逃げられたかがわかるぞ」

「もう出かけてきたのかい」

「グリンペンにいき、プリンスタウン刑務所にセルデンのことを知らせてきたのさ。この件はかたづいた。忠実なるわがカートライトにも連絡した。無事なことを知らせておいてやらないと、主人の墓をはなれない忠犬のように、あの石小屋のそばを動かなくなるだろうからね」

「つぎの行動は?」

「ヘンリー卿に会う。やあ、やってきた」

「おはよう、ホームズさん、参謀総長と作戦をねっている将軍といったようすですね」

ヘンリー卿はいった。

「そのとおりです。ワトスンは指示を待っています」

「では、わたしにも」

「わかりました。あなたは今夜、ステープルトンさんの家で夕食の約束をされていましたね?」

「ええ。ホームズさんもいかがですか。おいでになれば彼らもよろこぶにちがいない」

「残念ながらワトスンとぼくはロンドンに帰らなければならないのです」

「ロンドンへ?」

「ええ。いまは、ロンドンにいるほうが、調査の役にたつのです」

ヘンリー卿は見ていてもわかるほど、がっかりした。

「事件がかたづくまで、いらっしゃると思っていたのに。ひとりでは、その、この館も荒野もあまり気持ちのいいものじゃありませんから」

「いいですか。ぼくを信じて、かならずいうとおりにしてください。ステープルトンさんの一家には、ごいっしょしたかったのだけれど、急用ができたのでロンドンにもどることになった、とつたえてほしいのです。そして、すぐにまたこのデボン州に帰ってくるつもりでいる、ともね。このことは、わすれずにつたえてください」

「そうしろといわれるなら」

「そうしなければならないのです、ほんとうに」

ヘンリー卿の顔が暗くなった。ぼくたちに見捨てられたと感じているようだ。

「いつ出発するのです？」

彼は冷ややかにたずねた。

「朝食がすんだら、すぐに。クーム・トレーシーまで馬車でいきたいのですが。もどってくるという証拠に、ワトスンは荷物を置いていきます。ワトスン、うかがえなくて残念だという手紙をステープルトンさんにとどけたらどうだい」

「わたしもいっしょにロンドンにいきたいですね。なぜのこらなければいけないのでしょうか」

「ここがあなたの持ち場だからです。約束しましたね、ぼくの指示にしたがうと」

「わかりました。のこります」

「もう一つ。メリピット荘には馬車でいき、その馬車は帰してください。つまり、帰りは歩きです」

「でも荒野を歩いてはいけないと――」

「今夜は歩いて帰ってもよいのです。あなたが勇気ある方だと信じているからこそ、お願いしているのです」

ヘンリー卿はくちびるをかみ、うなずいた。

「そうします」

「帰り道は、グリンペン街道に通じるいつもの道をいってください。荒野に出たら、ぜったいにわき道にそれないように」

「いうとおりにします」

「けっこうです。朝食をいただいたら出発します。午後にはロンドンに着いていないと」

ホームズのこのことばは意外だった。ぼくまでもいっしょに帰ることになるとは、夢にも思っていなかったのだ。ふたりしてここをはなれてしまってだいじょうぶなのだろうか。

うらめしそうに見送るヘンリー卿をのこし、ぼくたちはクーム・トレーシー駅に馬車でむかった。

二時間後、駅に到着すると、ホームズは馬車を帰した。プラットホームでは、見おぼえのある少年が待っていた。

「なにか、ご命令は？」

少年はきびきびとたずねた。

「カートライト、きみはこの汽車でロンドンにもどってくれ。着いたら、すぐにぼくの名まえでヘンリー・バスカビル卿に電報を打つんだ。手帳を落としたので、見つけしだい書留でベーカー街に送ってほしい、とね」

「はい、わかりました」

「それから駅の事務所にいって、ぼくあての手紙が着いていないか、きいてきてくれないか」

少年はいわれたとおりにして、一通の電報を手にもどってきた。ホームズは目を通すと、ぼくに手わたした。

《電報見た　署名なしの逮捕状を持参　五・四〇到着する　レストレード》

「今朝打った電報の返事だ。レストレード刑事は優秀だ。彼の手も借りようと思っているのさ。さあワトスン、ローラ・ライオンズ夫人のもとをたずねてみようじゃないか」

ようやくぼくにもホームズの作戦が読めた。ステープルトンに、ぼくたちがロンドンに帰ったものと思わせるため、ヘンリー卿を利用したのだ。そしていざというときには、その場にもどっていようというわけだ。ロンドンからの電報がとどいたことを知れば、いかに用心深いステープルトンも、うたがうわけにはいかない。

ローラ・ライオンズは自宅にいた。シャーロック・ホームズは単刀直入に話をきりだした。

「ぼくは、故チャールズ・バスカビル卿の死について調査をしています。ここにいる友人のワトスン博士から、あの件についてあなたが話されたこと、かくしていることを聞きました」

一瞬驚いたようにホームズを見つめていたローラ・ライオンズだったが、

「わたしがなにをかくしたというのです？」

挑むようにいった。

「夜十時に門のところにきてほしいとたのんだのをみとめましたね。チャールズ卿はその時刻に、まさにそこで亡くなられた。そこにはなにかがあるはずです。それをあなたはかくしている」

「なにもありませんわ」

「偶然の一致だとおっしゃるのですか？　ライオンズ夫人、これは殺人だとぼくはにらんでいます。その証拠をたぐっていくと、あなたの友人であるステープルトン氏と、その妻も関係している」

ローラ・ライオンズはさっと立ちあがった。

「あの人の妻ですって」

「そうです。彼の妹というのは、じつは妻なのです」

彼女はふたたび腰をおろした。爪が白くなるほど、いすの腕を強くつかんでいる。

「あの人に奥さんが？　まさか。独身のはずです」

ホームズは肩をすくめた。

「証拠があるんですか」

ローラ・ライオンズはいった。険しい目つきだった。ホームズはポケットから書類をとりだした。

「ごらんください。この写真は四年まえ、ヨーク市で撮られたものです。裏に『バンデルーア夫妻』とありますが、ふたりともだれかはおわかりのはずです。この三通の書類は、当時、聖オリバー学院を経営していたバンデルーア夫妻について集めた、信頼すべき人たちの証言です」

ローラ・ライオンズは、ざっと目を通した。やがてぼくたちに目をむけたとき、その顔はショックと絶望にこわばっていた。

「ホームズさん、この男は、わたしの離婚が成立したら、結婚しようといいました。うそだったんです。わたしはだまされていた。でも、なぜ？　どうしてなんです？　わたしは道具にされていた……。だまされて利用されていた」

深々と息を吸いこんだ。

「もう、かばう必要なんかありませんわ。あの人でなし。なんでもお話しします。でも一つだけ信じてください。あの手紙を書かされたときは、親切にしてくださったチャールズ卿に危害がおよぶとは、夢にも思わなかったんです」

ホームズはうなずいた。

「わかりました。手紙を書けといったのは、ステープルトンなのですね」

「はい。あの男のいうとおり、書きました」

「手紙を書いた理由は、離婚にかかる費用をチャールズ卿なら出してくれるだろうといわれたからですか」

「そのとおりです」

「手紙を出したあと、会いにいかないよう、いわれた？」

「あの男はこういいました。——きみの離婚のことでほかの人にお金を出させたら、ぼくのプライドに傷がつく。たしかに自分は貧乏だが、ふたりの障害をとりのぞくためなら、ありったけの金を出す、と」

「すじは通っている。死亡記事を読むまで、彼からはなんの連絡もなかったのですか」

「はい」

「そして口止めされた？」

「そうです。亡くなりかたに妙なところがあるので、手紙の件が明るみに出たら、わたしがうたがわれる、とおどされました」

「なるほど。へんだと思わなかったのですか」

ローラ・ライオンズはうつむいた。

「思っていました。でも、わたしを大切にしてくれるなら、かばおうと決心していました」

ホームズは首をふった。

「いまになってみれば、あなたは運がよかった。あの男の秘密を知り、しかもむこうもそれを知っている。あなたはこの数ヵ月のあいだ、まさに絶壁のふちぎりぎりを歩いていたようなものです。生きていられたのは幸運だ。では、これで失礼します。いずれまた、ご連絡いたします」


「いよいよ事件も大詰めだ。つぎつぎと問題が解決していく」

クーム・トレーシー駅で、ロンドンからの急行の到着を待つあいだ、ホームズはいった。

「現代における、もっとも異常で衝撃的な事件が、もうすぐ幕をおろす。犯罪学史上でいえば、一八六六年、小ロシアのグロドノで起きた事件に似ているかもしれない。アメリカ、ノースカロライナ州のアンダースン殺人事件もある。だがこの事件には、ほかの事件にはない特徴がある。いまとなっても、あの男の犯行だという物的証拠はまだなにもないんだ。でも、今夜寝るまでには、きっと解決してみせるとも」

ロンドン発の急行が轟音《ごうおん》とともに駅にすべりこんだ。停止するのを待ちきれないように、一等車から、小柄だが頑丈そうな、ブルドッグを思わせる男がおりてきた。

ぼくたちは握手で迎えた。ホームズを見つめるレストレード刑事の目には尊敬の色があった。はじめてホームズと仕事をした日から、彼も多くのことを教えられているのだ。

「おもしろい事件ですか」

レストレードは開口一番にたずねた。

「これほどの大事件は何年ぶりかな」

ホームズは答えた。

「だがまだ時間はある。出かけるまえに夕食をとろうじゃないか。それからきみのからだにつまったロンドンの霧を追いだし、ダートムーアのきれいな空気とつめかえようじゃないか。ここははじめてかい、レストレード君? そうか。じゃあ、わすれられない思い出になるはずだよ」

14　バスカビル家の犬

もしそれを欠点ということができるなら、ホームズの困ったところは、いざというときまで自分の計画を他にあかすのを、ひどくきらうところだ。おそらく秘密にしておいて、まわりの人間の驚く顔を見たい、という性格のせいだろう。それに職業上の用心深さもある。だが仲間として働く者には、これはけっこうつらい。ぼくはそんな思いを何度も味わってきているが、あの晩の長い馬車の旅ほどこたえたことはなかった。

もうじき大きな試練がやってくる。いよいよ最後の勝負のときなのだ。なのにホームズときたら、ひとことも口をきこうとしないのだ。ぼくはただひたすら想像をめぐらすほかなかった。

顔に当たる風が冷たくなり、せまい道の両側に大きな闇がひろがるのを感じたとき、ぼくは思わず武者ぶるいをしていた。いよいよ荒れ地にもどってきたのだ。運命のときが、馬の一歩一歩、車輪の一回転一回転、近づきつつある。

貸し馬車には御者がいるので、重要な話はできない。ぼくたちは興奮をおさえ、あたりさわりのない会話をかわした。だからフランクランドの屋敷を過ぎ、メリピット荘という運命の舞台に近づいたときには、救われた気分だった。

ホームズは馬車を手前で止め、料金を払うと、すぐにクーム・トレーシーまで帰るよう命じた。そして歩きだした。

「武器は持ってきたかい、レストレード君」

小柄な刑事はにやりと笑った。

「ズボンをはいてるかぎり尻ポケットがあって、尻ポケットがあるかぎり、そこにはなにかが入ってますよ」

「けっこう！　ぼくたちも用意している」

「事態は切迫しているようですね、ホームズさん。なにが起こるんです？」

「待ちぶせをする」

刑事はうなずくと、あたりを見まわした。

「あまり気持ちのいいところじゃありませんね」

丘の斜面やグリンペンの底なし沼のあたりには濃い霧がたちこめ、まるで海のようだ。

「まったくだ。あそこに見える明かりがメリピット荘、つまり目的地だ。足音をたてずに歩いてくれよ」

ぼくたちは用心しながら進んでいった。そしてメリピット荘まであと二百ヤードというところにくると、ホームズは手を上げた。

「ここがいい。右手の岩にかくれよう」

小声でいった。

「ここですね」

「そうだ。レストレード君は、そこの窪みにかくれたまえ。ワトスン、きみはあの家に入ったことがあったな。あの格子窓の部屋はなんだい？」

「たしか台所だ」

ぼくは記憶をたぐりながらいった。

「じゃ、あの明るい窓は？」

「食堂だよ」

「よし。きみがここいらの地形にはいちばんくわしい。そっと近づいて中のようすをうかがってきてくれないか。ただし気づかれないようにな」

ぼくはうなずいて歩みだした。小道を忍び足で進み、育ちの悪い果樹園をかこむ低い塀のうしろでかがんだ。その塀のかげをはうようにして、カーテンの開いた窓をのぞきこめる位置まで進んだ。

部屋にはヘンリー卿とステープルトンのふたりだけがいた。コーヒーとワインがのった丸テーブルをはさんでむかいあい、葉巻をふかしている。

ステープルトンは機嫌よくしゃべっているが、ヘンリー卿は顔色も悪く、元気がなかった。たぶんこれからひとりで歩いて帰らねばならない、呪われた荒野のことを思っているのだろう。

やがてステープルトンは立ちあがって部屋を出ていった。ひとりになるとヘンリー卿はワインを飲み干し、落ちつかないようすで葉巻をふかした。

ドアのきしむ音に、ぼくははっとからだを低くした。気づかれたのだろうか。じゃりを踏む靴音が近づいてくる。ぼくはポケットの中のピストルに思わず手をのばした。

だが、靴音は途中でむきを変えた。ぼくのかくれている塀とは反対側の方向に進んでいく。

ぼくはそっと塀のむこうをうかがった。ステープルトンは、塀のむかい側の小道を、果樹園のすみにある物置小屋にむかって歩いていくところだった。入り口で立ち止まったステープルトンは、そとからかけてあった錠をはずし、中に消えた。やがてもみあっているような物音が聞こえてきた。そしてステープルトンはふたたび姿を現すと、家にもどっていった。

ぼくはもどって、ホームズたちに見たことを報告した。

「するとワトスン、やつの妻は居間にいないんだな」

「いない」

「ほかに明かりがついているのは台所だけだ。だがそこにもいるようすはない。いったいどこにいるのだろう」

ひそひそ話しているうちにも、霧はさらに濃くなり、グリンペンの底なし沼の方角から低くこちらのほうに流れだしていた。それはまさに白い壁で、昇ってきた月の明かりを受けると、銀色の大氷原のようだった。そこにそびえる岩山は氷上にそそりたつ孤島だ。

「霧がこちらに押しよせてきたな」

ホームズはつぶやいた。

「まずいことになる」

ぼくはホームズを見つめた。だが、ホームズは落ちついた表情だった。

「もしぼくの計画が失敗するとしたら、あの霧のせいだ。ヘンリー卿はもうすぐ帰るはずだ。もう十時だからね。だがあの霧がすっかり道をおおうまえに出てこないと、彼の命があぶない」

ぼくは息をはき、頭上を見上げた。夜空は澄みわたっている。霧は大地に近い、低いところにとどまっているのだ。星は冷たくまたたいているし、半月の光は、メリピット荘にもとどいて、ぎざぎざの屋根や煙突をくっきりとシルエットでうきたたせている。

とつぜん、台所の明かりが消え、果樹園から荒野にのびる光のすじが一本だけになった。居間のランプだけがともっているのだ。そこにはなにも知らない客と、殺意を秘めた主人のふたりしかいない。

だが霧は、じわじわとその家にも近づいていた。明かりのともった四角い窓のあたりは、すでに金色ににじみはじめている。木々にも白い蒸気のうずが押しよせ、ゆるやかにあたりをのみこんでいった。

ついには霧はメリピット荘を押しつつんだ。白い壁が両側から建物をはさみ、かろうじて二階と屋根の部分だけがその壁の上に姿をのこした。それはまるで氷原に凍てついた幽霊船のようだった。

ホームズはくちびるをかみ、地面を小さく蹴った。

「十五分もしないうちに道はわからなくなる。三十分したら、目の前の手も見えなくなってしまうだろう」

「もっと高いところまで下がったらどうかな」

ぼくはいった。

「それがいいかもしれない」

ぼくたちは霧の壁から後退し、とうとう半マイル近くもはなれてしまった。それでも白い海は月の光を受け、じりじりと押しよせてくる。

「これ以上はだめだ。遠くなりすぎる。ここまでくるまえに、おそわれてしまうかもしれない」

ホームズはいって、ひざをつき地面に耳を押し当てた。

「しめた！　足音だ」

白くかがやく沈黙を破って、足早な靴音が、ぼくの耳にも聞こえた。ぼくたちは岩のあいだにかがんで、銀色の壁を見つめた。やがて、カーテンを抜けるように、そこから人影が現れた。ヘンリー卿だった。

彼はいきなり澄んだ星空の下に出たのでとまどったようだ。あたりを見まわすと、ふたたび小道をいそぎ足でたどってくる。ぼくたちのかくれる岩の横を通り、坂道を上っていく。不安なのか、いくどもうしろをふりかえっていた。

「しっ、きたぞ！」

ホームズがいった。ピストルを引き抜くと、撃鉄を起こした。

押しよせてくる白いカーテンの内側から、かすかだがせわしない足音が聞こえてきた。霧はぼくたちから五十ヤードのところまで近づいていた。そこからなにがとびだしてくるのか。ぼくたちはかたずをのんだ。ぼくはホームズを見た。青ざめているが、その顔はいきいきとして目はかがやいている。

その目がかっと見開かれた。レストレードが恐怖のさけびをあげ、身を伏せた。

ぼくは銃を手にさっと立ちあがった。だが霧の中からとびだしてきたおそろしい怪物に、一瞬、ぼうぜんとなった。

犬だ。とてつもなく巨大で真っ黒な犬だ。しかも大きく開いた口から火を吹いている。目は真っ赤に光っていて、鼻から首すじにかけて、ゆらゆらと炎が燃えている。どんなに想像力が豊富な画家でも、これほどぶきみでおそろしい怪物は描くことができないだろう。

巨大な黒い怪物は身を躍らせ、ヘンリー卿のあとを追いすがっていた。ぼくたちの目の前を駆けぬけていく。

我にかえったぼくがピストルを発射するのと、ホームズが撃つのが同時だった。

身の毛のよだつさけびがあがった。すくなくとも、どちらかの弾が命中したのだ。なのに怪物は、びくともせずに走っていく。ぼくたちは岩のかげからとびだした。

小道のはるか先でヘンリー卿がふりむくのが見えた。自分めがけて突進してくる怪物を見て、立ちつくしている。恐怖で両手を上げるのがせいいっぱいのようだ。その顔は蒼白だった。

怪物はさけびをあげた。つまり傷ついたのだ。傷つくのなら殺すこともできるはずだ。

ぼくは必死になって走りだした。だがホームズはさらに速かった。

前方でヘンリー卿の悲鳴があがった。それにうなり声がかさなる。怪物がヘンリー卿にとびかかり、地面に引き倒したのだ。のどにくらいつこうとしている。

つぎの瞬間、ホームズが怪物のわき腹にむけて撃った。一発、二発、三発、四発、五発！

断末魔の悲鳴があがった。怪物は空《くう》をかみ、横ざまに倒れると、はげしく四本の脚を動かした。ぼくはその頭に銃口をむけた。だがとどめを刺すまでもなく、けいれんがやみ、巨大な犬は息絶えた。

ヘンリー卿は倒れたまま動かない。えりをひろげてみると、さいわいなことにのどには傷ひとつなかった。気絶しているだけのようだ。

「——よかった」

思わずホームズがつぶやくのが聞こえた。

ヘンリー卿のまぶたがふるえ、からだが動いた。レストレード刑事が、ブランデーの小びんをその口に押し当てた。

両目が開き、ぼくたちを見上げた。

「ああ……。いったい、あれは……あれはなんだったんだ……」

「なんであれ、死にました。バスカビル家の怪物は仕留めましたよ」

ホームズは答え、怪物に目をうつした。

横たわっている犬は、大きさといい、そのたくましさといい、信じられないほどの怪物だった。ブラッドハウンドとマスティフの雑種のようで、小型のライオンほどの体格をしている。

死んで動かなくなったいまですら、大きなあごは青い炎をはいているように見え、目のまわりには赤い火が燃えていた。

ぼくはそれに指を当て、手をかざした。闇のなかでぼくの指が光った。

「燐《りん》だ。燐を塗って光らせていたんだ」

ぼくはいった。

「手のこんだやり口だ」

ホームズはいって、犬のにおいをかいだ。

「嗅覚のじゃまにならないよう、燐のにおいは消してあるようだ。ヘンリー卿、こんなおそろしいめにあわせて申し訳ありません。犬だとはわかっていましたが、これほどの化け物とは思ってもいなかったのです」

「いえ、あなたがたは命の恩人です。もうひと口、ブランデーをいただけますか」

ヘンリー卿は立ちあがろうとして、よろめいた。ぼくたちは彼をささえ、岩のところへつれていくと、すわらせた。

「あなたはここで待っていてください。ぼくたちはのこった仕事をかたづけます」

ホームズはいった。ヘンリー卿は青ざめた顔を両手でおおい、無言でうなずいた。

「一秒一秒が大切だ」

ホームズはメリピット荘にむけ、足早にもどりながらいった。

「あの家からは逃げだしているだろう。銃声を聞いて、失敗を悟ったろうからな」

「かなりはなれてるんだ。それに霧もある。銃声はとどかなかったかもしれないぜ」

ぼくはレストレードとともにそのあとを追いながらいった。

「いや、やつは犬のあとをついてきたにちがいない。呼びもどさなきゃならないからね。だが一応、家をさがしてみよう」

玄関の戸は開いていた。ぼくたちはとびこむと、つぎつぎと部屋をしらべていった。廊下で鉢合わせした年寄りの召し使いは、あっけにとられたように立ちすくんでいる。

居間にあったランプを手に、すみからすみまで、ぼくたちは家の中をさがしまわった。だがステープルトンの姿はない。しかし二階にひと部屋だけ、鍵のかかっている扉があった。レストレードは耳を押しつけた。

「中にだれかいます。動く気配がする」

うめき声と衣ずれの音がした。ホームズが扉の錠の上を靴底で蹴った。扉は大きく開き、ぼくたちはピストルを手にとびこんだ。

ステープルトンはいなかった。代わりに奇怪な部屋のようすが目に入ってきた。

そこは小さな博物館だった。ガラスの標本箱が壁一面にかざられ、蝶や蛾の標本が陳列されている。部屋の中央には、いたんだ柱を補強するためか、まっすぐな角材が屋根にむかってのびていた。そこに人がしばられている。シーツで人相もわからぬほどぐるぐる巻きにされ、タオルでさるぐつわをかまされていた。

シーツをほどくと、まず二つの黒い目が見えた。恥ずかしさと恐怖に満ち、物問いたげにぼくたちを見上げている。

いましめがすべてほどけると、ステープルトンの妻はくずれるように床に倒れた。美しい首ががっくりとうなだれ、そこにむちで打たれた赤いみみずばれがはっきりと見えた。

「けだものめ!」

ホームズははきだした。

「レストレード君、ブランデーを。いすにすわらせるんだ」

ステープルトンの妻は目を開いた。

「あの人は、あの人は……無事逃げましたか」

「逃がすわけにはいきませんよ、奥さん」

ホームズがきびしい口調でいうと、彼女は弱々しく首をふった。

「いいえ、夫のことではありません。ヘンリー卿です。ヘンリー卿はご無事ですか」

「それならば、ええ。無事です」

「犬は?」

「死にました」

彼女はほっとしたのか、大きな息をはいた。

「神さま、感謝いたします。おそろしい男でした……。これをごらんになって」

彼女はそでをめくった。変色したあざが腕全体におよんでいる。

「でも、こんなことはなんでもないんです。あの男はわたしの心を踏みにじった。魂をけがした……。愛されてると思えるあいだは、どれほど虐待され、うそをつかされようとがまんできました。だけど……だけど……すべては自分のためでしかなかった。あの男はわたしをだまし、利用することしか考えてなかった……」

彼女ははげしくすすり泣きはじめた。

「あの男はどこへ逃げましたか。もう、かばう気がないのなら、ぼくたちに協力してください」

ぼくはいった。

「逃げるとしたら、あそこしかありません。底なし沼の真ん中に島があって、古い廃坑があるんです。むかし、錫《すず》を掘っていたらしいのです。あの男はそこをかくれ家にして、犬を飼っていました……」

ぼくはホームズを見た。ホームズはきびしい表情でうなずいた。

「いってみよう」

ぼくたちは霧の中をグリンペンの底なし沼にむかった。闇のなかで、それはひどく危険な追跡だった。だが霧は徐々に晴れてきており、ぼくたちはステープルトンが目じるしに立てた棒を頼りに進むことができた。

そこは点在する沼をぬうように、かたい泥炭の土が細く州《す》となってのびた道だった。大小いくつもの沼には、緑の浮き草におおわれたものや、悪臭を放つ泥沼もあった。いぐさがかたまってはえ、高くあしがおいしげっている。くさったにおいやガスのようなはき気をもよおす瘴気《しょうき》が、ところどころたちこめていた。

「足もとに気をつけるんだ」

ぼくたちはランプをかざして進んだ。だがふと足をすべらせると、太もものあたりまでずっぽりとしずむほどだった。のこったふたりで交互に落ちた仲間のからだを引きあげる。

「見ろ！」

ホームズがさけんだ。泥沼の中にしげっている草の上に、なにか黒いものがあった。ホームズはランプをぼくに託し、それをとろうと足を踏みだした。だが手にしたのもつかのま、そのからだは一気に腰までしずんでいた。

「あぶない！　底なし沼だ」

ぼくとレストレードはけんめいに彼のからだを引っぱりあげた。それでもホームズは戦利品をはなさない。

全員が泥まみれになって、ホームズのからだを引きあげたとき、沼はいかにもしぶしぶその獲物をあきらめたかのように、胸の悪くなる音をたてた。

ホームズはランプをかざした。それは古い黒靴だった。「トロント市マイヤーズ靴店」とマークが入っている。

「生き埋めになる危険をおかしたかいがあったよ。ヘンリー卿がロンドンのホテルで盗まれた靴だ」

ホームズはいった。

「ステープルトンが投げこんだんだな」

「そうだ。犬に追わせるために、においをかがせたんだ」

だがステープルトンの足あとをそこからたどるのはむずかしかった。すこしでも体重がかかると、やわらかな地面からむくむくと泥水が湧きでてくるのだ。

ぼくたちはたがいに泥まみれの顔を見あわせた。そのとき、風にのって、さけび声が聞こえた。霧を吹きはらった風が、沼の中央の方角から、声を運んできたのだ。

「あっちだ」

しかし走ることはできず、ぼくたちは一歩一歩を用心深く進むほかなかった。やがてしだいに足もとがかたくなってきた。

「見ろ、足あとだ！」

ホームズがランプをかざした。たしかにそこには真新しい足あとがあった。ステープルトンのものにちがいない。

「あっちの方角につづいている」

ホームズがさししめすようにランプをふったとき、もう一度さけび声が聞こえた。

「――けてくれ……」

ぼくたちは声の方向をめざした。三人はならんで歩くことができず、先頭をいくホームズが足もとをたしかめ、そのあとをぼくとレストレードがつづく、という形だった。

ふいにそのホームズが立ち止まった。足もとを見ていたぼくは背中にぶつかりそうになった。

「どうしたんだ」

ホームズは無言でランプをさしのべた。

目の前に沼地がひろがっていた。いまは霧も晴れ、月の光を受けて銀色にかがやいている。前方には小さな島があった。そこにはくずれかけた小屋があり、使われなくなった巨大な動輪やくず鉱でなかば埋もれた竪坑などが見えている。

だがホームズが足を止めたのは、それらを見つけたからではなかった。

島までつづく、沼を横ぎる細い道からすこしはなれた位置に、白い顔がういているのだった。ステープルトンだった。

けんめいに助かろうと、努力していたのだろう。だが、へたな身動きは、かえって底なし沼の食欲を増すばかりなのだ。じわじわとそのからだをのみこまれ、いまではかろうじて首から上と両腕のひじから先がのぞいているありさまだった。

「ステープルトン！」

ホームズが呼びかけると、青ざめた顔の目が見開かれた。くちびるがふるえ、なにかをいおうと大きく開いた瞬間、そこに泥水が流れこんで、ステープルトンはせきこんだ。だがそれは声にならず、ぶくぶくと泡を作りだしただけだった。

けっきょくステープルトンはなにもいえなかった。泥水はゆっくりとその口、鼻をおおいつくし、目もとまでせまっている。

助けることは不可能だった。近づけばぼくたちにも同じ運命が待っている。見開いた目に、じわじわとせまる恐怖をきざみつけながらステープルトンはしずんでいった。最後に片方の手だけが沼から突き出た。その手がとどかぬさけびをあらわすかのように、虚空をぎゅっとにぎりしめ、しずんだ。

大きな泡が音をたて、はじけた。それは、冷酷で凶悪な殺人者の断末魔のようだった。

ぼくたちは翌朝、ふたたび沼にむかった。そこにはもはや昨夜の悲劇的な結末を思わせるものはなにもなかった。だがステープルトンが陰謀のかくれ家として使っていた島の廃坑で、さまざまな証拠を見つけた。

くずれかけた小屋は、かつてそこで錫を掘っていた労働者たちが使っていたものだった。

そのなかの一つに、鉤《かぎ》のついた鎖や食べかすの骨がたくさんあった。ステープルトンはそこに犬をかくし飼っていたのだろう。そして散らばった骨のなかに、茶色い毛がこびりついた小さな頭蓋骨《ずがいこつ》があった。

「犬だな。ちぢれ毛のスパニエルにちがいない。かわいそうに、モーティマーは二度と愛犬には会えないな」

いって、ホームズは小屋の中を見まわした。缶が一つあり、そこには糊のようなものが入っていた。夜光塗料にちがいなかった。

「犬に塗った発光剤だ。バスカビル家の魔犬伝説を使って、チャールズ卿を死に追いやる計画のために使われたんだ。あんな怪物に荒野の暗闇で追いかけられたら、脱獄囚も悲鳴をあげて逃げまわるわけだ。ステープルトンはここに犬をかくしていたが、吠え声までは止められなかった。だから日中も、あのぶきみな遠吠えが聞こえてきたんだ。いざというときは、ここからメリピット荘の果樹園にある物置小屋にうつしていたのだろう。まったく巧妙な手口だね。ねらう相手を死に追いやるが、それは伝説とあいまって、けっして犯罪だとは思われない。もう、ここには突き止めてない謎はなさそうだ。だがワトスン、ロンドンでも話したことだが、もう一度くりかえそう。この沼地にしずんだ男ほど危険なやつを追跡したことはなかったよ」

ホームズは、いまはただ緑の浮き草だけが表面に見える底なし沼をふりかえった。そのかなたには、伝説と犯罪の舞台となった、赤茶けた荒野が、はるかにひろがっていた。

15　回想

　十一月の終わり近い、冷たい霧の夜、ホームズとぼくは、ベーカー街の居間で、あかあかと燃える暖炉をかこんでいた。

　あのデボン州での事件が終わりを告げたあと、ホームズは二件の重要な事件の調査を依頼されていた。ノンパレル・クラブのいかさまトランプ事件でアップウッド大佐の卑劣な犯罪をあばき、義理の娘を殺害した容疑をかけられたモンパンシェ夫人を救ったのだ。その六ヵ月後、殺されたとされたその娘、カレール嬢が結婚してニューヨークにいることが判明した事実を、読者のみなさんもおぼえているかもしれない。

　難事件を二つ解決したことで、ホームズはひどく上機嫌だった。そこでぼくはバスカビル事件について、くわしく彼にきいてみることにした。じつはその機会をずっと待っていたのだ。ホームズは一度に一つの事件しか引き受けず、また捜査中は、過去の思い出にひたるのを好まないからだ。

ちょうどその日の昼間、元気をとりもどしたヘンリー卿がモーティマー医師とともにたずねてきたのだった。ふたりはヘンリー卿のショックを癒《い》やすための長期旅行に出かける途中だった。

「あの事件は、ステープルトンと名乗っていた男の立場で考えてみると、さほど複雑ではなかったのさ。ただぼくたちにしてみると、動機はつかめないし、断片的な事実しか手に入らなかったこともあって、ひどくこみいったものに見えたというわけだ。あれからステープルトンの妻だった彼女に、二度ほど話を聞いたからね。もう事件についてわからないことはない。事件リストの『B』の項にメモがあるよ」

「それよりきみの口から聞きたいんだ」

「いいとも。でもすべての事実を記憶しているとは保証できないぜ。精神を集中すると、妙なことに、すんだことは消えてしまうんだ。カレール嬢事件のために、バスカビル事件の記憶がうすれている。もし明日、なにかぼくの興味をひくような事件が起きれば、アップウッド大佐の悪事に関する記憶もうすれてしまうだろう。だがとにかく、思いだせることを話してみよう。

しらべてみたが、あの肖像画にやはりうそはなかった。あの男はバスカビル家の一族だった。チャールズ・バスカビル卿の弟で、悪い評判がたって中央アメリカに逃げたロジャー・

バスカビルという人物がいた。むこうで独身のまま死んだといわれていたが、じつは結婚してむすこをもうけていた。それが彼で、名まえも父親と同じだった。

彼はコスタリカで評判の美人、ベリル・ガルシアと結婚したが、公金を横領し、バンデルーアと名を変えて、イギリスに逃げてきた。まさに父親とは反対のコースをたどったわけだ。

イギリスにもどる途中の船で、病弱な教師フレーザーと知りあい、その才能を利用して学校経営をすることを思いついた。そこでヨーク州東部に、横領した金で学校を設立したのさ。

この学校ははじめうまくいっていた。だがフレーザーが死んでからは評判が落ち、経営がたちゆかなくなった。やむなく財産を整理し、夫婦はステープルトンと名まえを変えた。ところで昆虫学に関しては、やつはなかなかの権威で、ヨーク州にいるころ、新種の蛾を発見し、それにはバンデルーアの学名がついている。

ステープルトンはイギリス西部にうつると、いよいよぼくたちがかかわった犯罪計画に着手した。いろいろしらべたあげく、バスカビル家の財産を手に入れようとたくらんだのだ。デボン州にうつったときからすべての計画ができあがっていたとは思えないが、少なくとも妻を妹と周囲に思わせようとしたのだから、彼女を利用するつもりであったことはまちがいない。

ステープルトンは、正体をかくし、先祖の館の近くに住みつくと、チャールズ・バスカビル卿やほかの近所の住人と親しくなった。

彼に魔犬の伝説を教えたのはチャールズ卿で、そのことがみずからの死をまねいた。ステープルトンはモーティマーから、チャールズ卿の心臓が弱く、はげしいショックをあたえれば死んでしまうというのを聞きだしていたのだ。そのうえチャールズ卿が迷信家で伝説を信じていることも知った。

そこでやつはいよいよ犯罪の実行にのりだした。ふつうなら凶暴な犬を使うくらいなのだが、悪魔の犬にしたてる工夫をこらしたあたり、天才的な犯罪者だったという気がするね。あの犬はロンドンのフラム街にある、ロス・アンド・マングルズという動物商で買ったのさ。店でいちばん大きく、かつ獰猛《どうもう》な犬を、といって選んでいったそうだ。北デボン線に乗せて運び、人目をさけるため、荒野を歩いてつれ帰った。昆虫採集のためにあたりの地理にくわしくなっていたやつは、犬をかくして飼える場所も見つけてあった。そうしてチャンスを待っていたんだ。

ところがそのチャンスはなかなかおとずれなかった。チャールズ卿が夜、ひとりで外出することなどなかったからだ。やつは妻を使ってチャールズ卿をおびきだそうとした。だが妻はそれを頑として拒んでいた。

夜、犬をつれて待ちぶせをしたことは何度かあったようだが、それはからぶりに終わり、あべこべに犬を農家の人間たちに見られ、悪魔の犬伝説をひろめることになった。チャンスがやってきたのは、やつを友人だと思いこんでいたチャールズ卿が、ローラ・ライオンズ夫人に手をさしのべたときだった。チャールズ卿に使いをたのまれたやつは、独身といつわって、彼女の心をつかんだ。

チャールズ卿がモーティマーのすすめでロンドンにうつろうとしているとわかったとき、やつはあせった。いそがなければ、相手は手のとどかぬところへいってしまう。そこできみも知っているとおり、ローラ・ライオンズに手紙を書かせ、チャールズ卿をおびきだした。地獄の魔犬にしたてた犬を、そこでけしかけたんだ。犬は木戸をとびこえ、チャールズ卿を追いかけた。おいしげったいちいの生け垣はトンネルのようで、チャールズ卿は悲鳴をあげ、逃げるほかなかった。道のはずれまでくると、ついに心臓発作を起こして倒れてしまう。彼はじゃりの上を走って逃げたが、犬はへりの芝生の上を走った。それで足あとがのこらなかったのさ。

倒れて動かなくなったチャールズ卿を見た犬は、においをかいだだけでもどったようだ。モーティマーが見つけた足あとはそのときのものだ。

呼びもどされた犬は、ふたたびグリンペンの沼地の中にある小屋にかくされた。警察はこの謎をとけず、ぼくたちが調査にのりだしたわけだ。

たくみな犯行だったといえるだろう。犯罪と立証するのはむずかしく、真犯人を告発するのはさらにむずかしい。唯一の共犯者はことばを話さず、うらぎることもないんだ。

事件に関係したふたりの女性、ステープルトンの妻とローラ・ライオンズは、ステープルトンにうたがいをいだいてはいた。とくに妻のほうは、夫がバスカビル家の財産をねらっていることや、犬がいることも知っていた。ローラ・ライオンズはそこまでは知らなかったが、約束の時刻にチャールズ卿が死んだこと、その約束を知っているのは、自分のほかにはステープルトンしかいないというので、なにか重大なものを感じていたようだ。当のステープルトンは、そのふたりの心をつかんでいると信じ、安心しきっていた。

ところが大きな誤算が生じた。

もうひとりの相続人が出現したのだ。カナダからヘンリー・バスカビルがやってくるという。はじめは、ロンドンで彼を殺そうとたくらんだやつだったが、チャールズ卿のときに協力をこばんだ妻が信用できなくなっており、ひとりで置いていくわけにもいかず、ロンドンにつれてくることにした。ちなみに夫婦が泊まったのはクレーブン街にあるメクスバラ・ホテルだ。カートライトが証拠集めにまわったホテルの一つだった。結局、証拠は手には入らなかったが。

ステープルトンは妻をホテルに閉じこめ、つけひげで変装してモーティマーを尾行した。ベーカー街にきて、そして駅からノーサンバランド・ホテルまでいった。

そのころ、夫の計画にうすうす気づいていたステープルトンの妻は、警告の手紙を書いていた。ただし、もし書いたのが自分だと知れたら、どんなめにあわされるかわからない。すでにひどい虐待を受けていたんだ。そこで新聞を切り抜いた文字を使う、という方法を思いついたのさ。

一方、ステープルトンは、犬にあとを追わせるために、ヘンリー卿のにおいのついたものが必要だった。ホテルの靴みがきかメイドに金をにぎらせ、靴を盗ませた。ところが最初に盗んだのは新品の靴だった。しかたなくそれをもどし、べつの靴を手に入れた。

あのときぼくは、この事件にはほんものの生きた犬がからんでいると気がついた。古い靴を、それも片方だけ手に入れたがっている。犬ににおいをかがせるためじゃないかと思いついたんだ。事件が一見奇怪で、複雑であればあるほど、科学的に考えなければならないんだ。

つぎの日、やつはここまで、ヘンリー卿とモーティマーを尾行した。この部屋やぼくの顔を知っていたことを考えあわせると、やつの犯罪歴は、この事件だけとは思えない。

この三年、西部地方では未解決の重大な盗難事件が、四件起きている。最後の一件は今年の五月、フォークストーンで起きたものだ。犯人を見たらしいボーイが撃ち殺され、しかもその犯人はひとりだったということだ。

資金かせぎのためにステープルトンがおこなっていた犯行だという可能性はかなり高い。この数年、ほかでも悪事をかさねていたのだろう。

やつはぼくが事件にのりだしたことを知り、ロンドンでヘンリー卿を殺すのをあきらめ、ダートムーアで待ち受けることにした」

「ステープルトンがロンドンにいるあいだ、犬のせわはだれがしていたんだい」

ぼくはいった。

「メリピット荘にはアントニーという年寄りの召し使いがいた。アントニーという名は、イギリスには少ないが、スペインや南米のようなスペイン語を話す地域ではめずらしくない。ふたりが夫婦であると、召し使いにまではかくしおおせないことを考えあわせれば、この男はコスタリカ時代からふたりに仕えていたのかもしれない。ステープルトン夫人もそうだったが、英語に妙ななまりがあった。グリンペンの底なし沼で、ぼくはこの老人を見かけている。ステープルトンの立てた目じるしに沿って歩いていたんだ。この男は国外に出てしまったが、おそらく主人が不在のあいだ、犬のせわをしていたのだろう。

ところで活字を切り貼りした手紙をしらべているときに、ぼくがなにかに気づいたのをおぼえているかい？　犯罪捜査の専門家は、七十五種類くらいの香料をかぎわけられなければいけない。香りの識別で事件を解決できたことが何度かあるんだ。あの手紙からは、ホワイトジャスミンの香水のにおいがした。それで事件には女がからんでいるとぼくは気づき、早い段階からステープルトン〝兄妹〟に目をつけていた。こんなわけで、西部にいくまえから、犬のことや犯人の目星はついていた、ともいえる。ぼくはステープルトンを見張ることにしたが、用心されないために、きみたちにすらないしょでのりこんだというわけだ。

思ったほどの苦労ではなかったよ。荒野の石小屋を使ったのは一時期だけで、ふだんはクーム・トレーシーにいた。カートライトはよく役にたってくれた。いろいろとどけてくれただけでなく、ぼくがステープルトンを見張っているあいだ、きみの動きにも注意してくれていた。

きみの報告書も、ベーカー街から転送され、あらゆる動きをつかむことができた。途中、脱獄囚さわぎとバリモア夫婦がからんだりして、ややこしいものになったが、きみがうまく調査を進めてくれたおかげで助かった。

夜の荒野できみに姿を見られたときは、事件の全貌をほぼつかんではいた。だが告訴にもちこめるだけの物証はない。その後、ステープルトンはヘンリー卿をねらい、けっきょくセルデンを死に追いやったのだが、それも証拠にはならなかった。やはり現行犯でつかまえるほかないと思い、ヘンリー卿には申し訳ないが、おとりになってもらったというわけだ。

だがあれほどのショックをあたえたのはぼくの責任だ。まさか犬が、あんなおそろしい姿をしていようとはね。それに霧もあった。とびだしてくるまで気づかないほどの霧になってしまったのだから。

捜査は成功したが、犠牲もはらうことになった。専門の医師もモーティマーも、ヘンリー卿のショックは一時的なものだろうといっているがね。長い旅行のあいだに癒えてくれることを願わずにはいられない。ただ、ヘンリー卿にとっていちばんショックだったのは、ステープルトンの妻のことだろう。彼は本気で彼女を愛していたのだから。

あとはその彼女についてだ。彼女がステープルトンの道具にされていたことは事実だが、それが愛のためなのか恐怖のためなのかは、はっきりしない。おそらく両方なのだろう。愛しながらおそれる、という感情もあるだろうからね。

ステープルトンの命令で、妹を演じることには同意したものの、殺人に手を貸すことはことわりつづけていた。それどころか夫に気づかれないよう、何度も警告しようとした。ステープルトンも、みずから計画したにもかかわらず、ヘンリー卿が妻にひかれるにつれ、嫉妬心をもったようだ。ついかっとしてじゃまをしてしまったりしてね。だがそれをうまくかくして、いよいよというときになって、彼女が反抗した。荒野で脱獄囚が死んだことを知ったり、ヘンリー卿が食事にくる日の夕方、物置小屋に犬がつながれているのを見たからさ。彼女は夫を責め、大げんかになった。ステープルトンはそのとき、ローラ・ライオンズのことを話したらしい。彼女の愛はとたんに憎しみに変わった。それに気づいたステープルトンはうらぎられると確信して、彼女をしばりあげた。あとのことは、ヘンリー卿を亡き者にしてから考えるつもりだったのだろう。さて、ほかになにかあるかい？」

「チャールズ卿は老人だから、怪物犬でうまくいったけれど、ヘンリー卿までも恐怖で殺せると思っていたのだろうか」

「あの犬は獰猛で、しかもあの夜はえさをやっていなかったようだ。姿を見てショック死をすることはないまでも、たたかう気力をうばうことはできたはずだ」

「なるほどね」

ぼくはうなずいた。ぼうぜんとしたヘンリー卿を、魔犬におそわれたと見せかけ、殺すつもりだったというわけだ。

「あと一つ、わからないことがある」

「なんだい？」

「もし計画がうまくいき、ステープルトンが全財産を相続できることになったとして、いったいどうやって受けとるつもりだったのだろう。ずっと偽名で近くに住んでいたことは、疑惑をまねくだろ」

「それはむずかしい質問だ。ぼくが調査するのは、つねに過去と現在についてだからね。将来のことまではなかなか答えられない。ステープルトンの妻は、夫がその問題について話すのを何度か聞いていて、それには三つの方法を考えていたようだ。

一つは南アメリカにわたり、そこから財産権を請求する。現地のイギリス当局に身元を証明すれば、それでいい。二つめはロンドンにしばらく住んで、変装し、受けとる。三つめは共犯者を作り、その人間にさまざまな証明書や書類を持たせて、相続人にしたてあげる。あれだけの男だ、なにか方法は考えついただろう。

ところでワトスン、この何週間かは、きつい仕事にかかりきりだったんだ。ひと晩くらいは、楽しい思いをしてもいいのじゃないか？　オペラ『ユグノー』のボックス席がとってある。きみはド・レシュケの歌を聴いたことがあるかい？

よし、それじゃ三十分でしたくをしてもらおう。途中でマルチーニの店に寄って、軽く腹ごしらえをしていこうじゃないか」

あとがき

私とシャーロック・ホームズとの出会いは、小学生のときです。ちょうど、この本と同じような、子どもむけに書きあらためられた、「シャーロック・ホームズの冒険」を読んだのが最初でした。

そのときは、ホームズの天才的な推理力に胸をおどらせました。細かい観察と閃《ひらめ》きさえあれば、たとえ初めて会う人であっても、いったい何者で、これからどうしようとしているかわかってしまうホームズの推理力を、自分にもほしいと、心から思いました。

もちろん、この世の中の誰も、シャーロック・ホームズのようにはなれません。だからこそシャーロック・ホームズは偉大であり、名探偵の代名詞なのです。

今、みなさんのまわりでは、小説やマンガ、アニメなどで、たくさんの名探偵が活躍しています。でも、それらの名探偵のすべての父といえるのが、シャーロック・ホームズなのです。

この物語の舞台となっているのは、今から百年もまえのイギリスです。百年まえといえば、ふつうの人たちには自動車も電話もない時代です。だからといって、でてくるホームズをはじめとした人たちや事件が、古めかしくてつまらない、とは決してみなさんは思わなかったはずです。

それどころか、ホームズとワトスンの活躍にきっと胸をおどらせてくれたでしょう。書いているあいだは、私も、何度も読んでいるはずなのに、やっぱり胸がおどりました。

その理由はいったい何でしょう。

もちろん第一番は、ホームズの天才的な推理力です。でもこの物語の魅力はそれだけではありません。

ふだんホームズが活躍の場としているロンドンを離れ、デボン州のダートムーアという、ひどくさびしいいなかに舞台が移り、そこに伝わる世にも奇妙で無気味な伝説が背景になっています。この伝説は、あるときは美しく、あるときは荒涼とした、荒れ地や底なし沼というその土地独特の自然と無関係ではないのです。

古代人の遺跡や底なし沼、そしてまるで大氷原のようにすべてを白いカーテンでおおってしまう濃い霧など、日本で暮らしている私たちが見たこともない道具だてが、その舞台には用意されています。

しかもそうした自然の中でくりひろげられるのは、じつに人間くさい、どろどろとした欲望を秘めた犯罪なのです。

百年まえの物語であっても、悪事をたくらむ犯罪者と、それを解きあかし追いつめる名探偵の活躍に、今の物語とのちがいは何もありません。

初めてホームズの物語を読んでから何年かして、私はこんどは、大人むけに出版されたホームズの本を手にとりました。そしてふたたび夢中になります。

そのとき私をひきつけたのは、ホームズの活躍もさることながら、語り手であるワトスンとホームズの、自由な生活ぶりでした。

学校もテストもなく、うるさい親もいなくて、いちばんの親友と、いつも悪者を相手にした冒険だけをして暮らしているのです。

こんな生活をしてみたい、とつくづく思いました。ホームズにはなれなくとも、せめてワトスンになれたら。

もしかすると、その願いがこうじて、私は物語を書きはじめたのかもしれません。大人になった今も、ワトスンとして、世界一の名探偵と気楽に暮らす生活に、じつはあこがれています。もしそんなチャンスがあったら、私はいつでもとびつくでしょう。おっと、この話は、私の奥さんや出版社の人たちにはないしょですよ！

ともあれ、もしこの本で初めて、シャーロック・ホームズの活躍を知ったという方は、ぜひ、他のホームズの物語も読んでみてください。

きっとびっくりして、もっともっと夢中になって読むことは、保証します。

そしてホームズの物語を読み終えたときは、べつの名探偵たちの物語にも手をのばしてください。すばらしい推理小説の世界がみなさんを待っています。

もしかすると、

「マンガやゲームばっかりじゃなくて、たまには本を読みなさい！」

といっていたママやパパが、

「本ばっかり読んでないで、たまにはほかのこともしなさい！」

というようになるくらい。

そうなったら私は大よろこびです。なぜかって？　だってみなさんのうちの誰かが、私の未来の読者になってくれるかもしれないじゃないですか！

大沢在昌

本書は、痛快　世界の冒険文学24『バスカビル家の犬』（一九九九年小社刊）をもとに、再編集したソフトカバー版『大沢在昌のバスカビル家の犬』（二〇〇二年四月刊）を文庫化にあたり、改題しました。

|著者|大沢在昌　1956年、名古屋生まれ。'79年、失踪人調査士・佐久間公を主人公にした「感傷の街角」で小説推理新人賞を受賞、デビュー。'91年『新宿鮫』で吉川英治文学新人賞、日本推理作家協会賞を、'94年『新宿鮫 無間人形』で直木賞を受賞する。「新宿鮫」シリーズ、「佐久間公」シリーズ、「アルバイト探偵《アイ》」シリーズなど、著書多数。

大沢在昌公式ホームページ「大極宮」
http://www.osawa-office.co.jp/

|原作者|C・ドイル　1859～1930年。イギリス・エディンバラ市に生まれる。医業のかたわら、小説を書き始める。「シャーロック・ホームズ」シリーズのほかには、『失われた世界』などの冒険ものや、歴史もの、心霊主義などの著作がある。

バスカビル家《け》の犬《いぬ》

大沢在昌《おおさわありまさ》
C・ドイル 原作

講談社文庫
定価はカバーに
表示してあります

2004年8月15日第1刷発行

発行者――野間佐和子
発行所――株式会社 講談社
東京都文京区音羽2-12-21 〒112-8001
電話 出版部 (03) 5395-3510
販売部 (03) 5395-5817
業務部 (03) 5395-3615

デザイン―菊地信義
製版――図書印刷株式会社
印刷――図書印刷株式会社
製本――株式会社若林製本工場

Printed in Japan

落丁本・乱丁本は購入書店名を明記のうえ、小社書籍業務部あてにお送りください。送料は小社負担にてお取替えします。なお、この本の内容についてのお問い合わせは文庫出版部あてにお願いいたします。

ISBN4-06-274849-5

講談社文庫刊行の辞

二十一世紀の到来を目睫に望みながら、われわれはいま、人類史上かつて例を見ない巨大な転換期をむかえようとしている。

世界も、日本も、激動の予兆に対する期待とおののきを内に蔵して、未知の時代に歩み入ろうとしている。このときにあたり、創業の人野間清治の「ナショナル・エデュケイター」への志を現代に甦らせようと意図して、われわれはここに古今の文芸作品はいうまでもなく、ひろく人文・社会・自然の諸科学から東西の名著を網羅する、新しい綜合文庫の発刊を決意した。

激動の転換期はまた断絶の時代である。われわれは戦後二十五年間の出版文化のありかたへの深い反省をこめて、この断絶の時代にあえて人間的な持続を求めようとする。いたずらに浮薄な商業主義のあだ花を追い求めることなく、長期にわたって良書に生命をあたえようとつとめるところにしか、今後の出版文化の真の繁栄はあり得ないと信じるからである。

同時にわれわれはこの綜合文庫の刊行を通じて、人文・社会・自然の諸科学が、結局人間の学にほかならないことを立証しようと願っている。かつて知識とは、「汝自身を知る」ことにつきていた。現代社会の瑣末な情報の氾濫のなかから、力強い知識の源泉を掘り起し、技術文明のただなかに、生きた人間の姿を復活させること。それこそわれわれの切なる希求である。

われわれは権威に盲従せず、俗流に媚びることなく、渾然一体となって日本の「草の根」をかたちづくる若く新しい世代の人々に、心をこめてこの新しい綜合文庫をおくり届けたい。それは知識の泉であるとともに感受性のふるさとであり、もっとも有機的に組織され、社会に開かれた万人のための大学をめざしている。大方の支援と協力を衷心より切望してやまない。

一九七一年七月

野間省一

講談社文庫 最新刊

高野和明
13階段
死刑囚の冤罪を晴らすため刑務官と前科を負った青年が立ちあがる。江戸川乱歩賞受賞作。

我孫子武丸
人形はライブハウスで推理する
主人公で幼稚園教諭・睦月《むつき》の弟に殺人の疑いが……。腹話術人形が「名探偵」の傑作短編集。

高田崇史
試験に出るパズル
千葉千波の事件日記
天才高校生の千波くんが論理パズルの難問を解き明かす。『QED』の著者の新シリーズ！

清涼院流水
秘密屋文庫 知ってる怪
口裂け女、人面犬、ベッドの下の斧男――。都市伝説を支配する「秘密屋」の正体とは？

山口雅也
続・垂里冴子のお見合いと推理
お見合いのたびに怪事件にまきこまれる不運な和風美人名探偵・垂里冴子の傑作4編収録。

池井戸潤
銀行狐
銀行に送り付けられた一通の脅迫状から事件は動き出した。銀行の闇を鋭く抉《えぐ》る傑作集。

太田忠司
鴇色の仮面
新宿少年探偵団
霧が人間を襲い、美しい仮面が女たちを死へ誘う。怪事件を追う少年少女の痛快冒険譚！

仁賀克雄
切り裂きジャック
闇に消えた殺人鬼の新事実
十九世紀末のロンドンに暗躍した伝説的犯罪者。豊富な資料を駆使して、その正体に迫る。

佐野洋
兎の秘密
昔むかしミステリー
日本の昔ばなしに隠された数々の謎を、ミステリー界の巨匠が斬新な発想で暴く短編集。

阿刀田高
コーヒー党奇談
一つの街に一つの謎。旅先で遭遇する不思議な出来事を描いた、旅情あふれる12の物語。

逢坂剛
M・ルブラン 原作
奇巌城
神出鬼没の怪盗ルパンvs.天才高校生探偵。不朽の名作の醍醐味そのままに逢坂剛が語る！

大沢在昌
C・ドイル 原作
バスカビル家の犬
名探偵ホームズがワトスンと共に呪われた貴族の死の謎を解く。直木賞作家が翻案の傑作。